El instante de peligro

Miguel Ángel Hernández

El instante de peligro

EDITORIAL ANAGRAMA

BARCELONA

Ilustración: «Los amantes velados», díptico de la serie
«Past remains», © Tatiana Abellán, 2014

Primera edición: noviembre 2015

Diseño de la colección: Julio Vivas y Estudio A

© Miguel Ángel Hernández, 2015

© EDITORIAL ANAGRAMA, S. A., 2015
  Pedró de la Creu, 58
  08034 Barcelona

ISBN: 978-84-339-9801-9
Depósito Legal: B. 24878-2015

Printed in Spain

Liberdúplex, S. L. U., ctra. BV 2249, km 7,4 - Polígono Torrentfondo
08791 Sant Llorenç d'Hortons

El día 2 de noviembre de 2015, un jurado compuesto por Salvador Clotas, Paloma Díaz-Mas, Marcos Giralt Torrente, Vicente Molina Foix y el editor Jorge Herralde otorgó el 33.º Premio Herralde de Novela a *Farándula*, de Marta Sanz.

Resultó finalista *El instante de peligro*, de Miguel Ángel Hernández.

A los ausentes.
A las historias borradas.

Articular históricamente el pasado no significa conocerlo «como verdaderamente ha sido». Significa apoderarse de un recuerdo tal como éste relampaguea en un instante de peligro.

WALTER BENJAMIN

I. Leer lo que nunca fue escrito

El método histórico es un método filológico
cuyo motivo es el libro de la vida. «Leer lo que nunca fue escrito» está en Hofmannsthal. El lector al
que se refiere es el historiador verdadero.

WALTER BENJAMIN

1

Lo primero que vi fue la sombra. Inmóvil, fija, eterna, proyectada sobre un pequeño muro semiderruido que no levantaba más de metro y medio del suelo. Después presté atención al paisaje de fondo, el horizonte, el bosque, los árboles espigados y desnudos que desbordaban el encuadre de la imagen. Nada se movía en la escena. Nada se oía. Por un momento pensé que el archivo era defectuoso o que mi conexión no funcionaba correctamente. Pero enseguida advertí que la barra de reproducción había comenzado a avanzar. El tiempo corría, aunque los objetos de la escena no se desplazaran, aunque todo permaneciera igual después de varios minutos. La sombra, el paisaje, el muro, el plano. El movimiento parecía haberse frenado igual que lo hace en una fotografía.

Así es como arranca esta historia, querida Sophie, con la silueta de un hombre detenida sobre una pared en medio de un bosque, con el movimiento inmóvil de una imagen en blanco y negro en la pantalla de mi ordenador.

Es posible que abriera el archivo incluso antes de leer en detalle el contenido del e-mail y comprobar la fiabili-

15

dad del remitente. «Anna Morelli. Artista. Recuerdo a través de la memoria de los demás.» Ésas eran sus palabras. Y lo que había comenzado a ver pertenecía a una de las cinco bobinas de 16 mm que ella había encontrado por azar en un anticuario de New Jersey. Anónimas, fechadas entre 1959 y 1963, y exactamente iguales. Cuarenta y seis minutos de metraje que mostraban sin aparente diferencia la misma sombra, el mismo muro, el mismo bosque, el mismo plano fijo, la misma inmovilidad en cada uno de los segundos filmados.

Las películas formaban parte del proyecto artístico que Morelli pretendía realizar al año siguiente en el Clark Art Institute: *«Fuisteis yo,* recordar las historias que ya nadie recuerda». La finalidad del e-mail era invitarme a colaborar.

Había leído el pequeño ensayo que yo había escrito acerca de las imágenes del recuerdo y también mi novela sobre el mundo del arte. Y decía que esa escritura a medio camino entre géneros se ajustaba a la perfección a su proyecto. Pero sobre todo había pensado en mí porque sabía que había sido becario del Clark y suponía –no podía imaginar cuánto– que me gustaría regresar aunque fuera por un tiempo a los bosques de Nueva Inglaterra.

La beca comprendía un semestre entero, de febrero a junio, los honorarios eran más que suficientes y la parte que me correspondía dentro del proyecto no parecía demasiado difícil: escribir; lo que fuera y en la forma que quisiera. A las películas encontradas les faltaba una historia. Mi cometido sería intentar proporcionársela.

Creo que ni siquiera terminé de leer el correo. «Acepto», contesté. Inmediatamente. Y no le di muchas más vueltas. Ni siquiera me interesé por la remitente más allá de entrar un momento en internet y encontrar su página web.

Existía.

Suficiente.

Era todo lo que necesitaba.

Al menos en ese momento.

Le dije que sí, sin dudarlo. Y ése fue el comienzo de todo esto, el origen de este libro que al final he decidido escribir para ti. Hacerlo así por todo lo que ocurrió. Pero especialmente porque al final regresé, porque volví al lugar en el que había sido feliz. A pesar de lo que dice la canción. A pesar de tantas y tantas cosas.

Me gustaría decirte que volví porque ya no pude aguantarlo o porque en el fondo lo necesitaba. Pero no, Sophie. No fue así. Volví como uno vuelve a su pasado, por pura y simple casualidad. Las cosas ocurren cuando tienen que ocurrir, ni antes ni después. Una carta siempre llega a su destino.

Es probable que unas semanas antes el e-mail hubiera pasado inadvertido. Pero ese día contesté. Dije «acepto». Sin pensarlo demasiado. Y lo hice porque parte de mi mundo, el que comenzó contigo en ese lugar que ahora aparecía de nuevo frente a mí, había empezado a venirse abajo y hacía aguas por todos los lados.

—Martín, no estás acreditado.

El decano de la facultad había tenido acceso a las evaluaciones de la Agencia Nacional de Calidad y las noticias no podían ser peores. Mi plaza de profesor interino se extinguía. Pero había algo más. Mis compañeros, todos aquellos que habían llegado después de mí, sí lo habían logrado. Acreditados. Uno tras otro.

–No sé si voy a poder hacer algo por ti –dijo–. Te perdiste. Te dormiste.

Cada una de sus frases era un reproche. Una manera de trasvasar la culpabilidad desde el sistema hacia mí. Era yo quien no había sabido jugar bien sus cartas. Ése era el problema. Había escrito las cosas que había querido escribir y no las que tenía que haber escrito. «Otros méritos. No computable.» Ahí entraba mi novela, mis artículos de opinión, mis reseñas de libros. Quizá sirvieran para mi ego, pero no para mi currículum académico. Faltaba todo lo demás. «Lo que tenía que hacer»: ir a congresos, publicar en revistas de impacto, editar material docente, dirigir trabajos académicos y sobre todo «colaborar en gestión». Estar en comisiones, rellenar papeles, encuestas, formularios..., «implicarme en el funcionamiento de la universidad». Ese «ítem» estaba totalmente vacío.

–Conocías las reglas del juego.

En el fondo se trataba de eso. Unas reglas, un juego. Y yo no había sabido jugarlo. Mientras leía y escribía en mi mundo, los demás rellenaban una a una todas las casillas del tablero. Por eso habían conseguido acreditarse. Por eso la plaza que se iba a convocar iba a ser para otro y yo ni siquiera podía entrar en la lucha. Por eso a mí apenas me quedaba un semestre de clases en la universidad.

–Lo tenías todo... y te perdiste –volvió a decir.

Sí, lo tenía todo, Sophie. Y no sólo en la universidad. Quizá la universidad fuera lo de menos. Lo tenía todo. Y todo se había evaporado. Todo junto. De la noche a la mañana. Aunque esa noche hubiera durado algunos años. Aunque cuando las cosas se derrumban es porque han comenzado a resquebrajarse desde mucho tiempo atrás.

–Sabes que aquí no ganan los mejores, sino los más listos.

Yo seguía intentando encontrar algo que decir.

–Tengo las manos atadas –continuó–. Ya me la jugué una vez con lo de... aquella chica.

«Lo de aquella chica.» ¿Quieres creer que casi no me acordaba de su nombre? Te escribí para contártelo. Sabes que me arrepentí. Hasta al final. Pero todos cometemos errores, todos caemos. Y yo era la primera vez que lo hacía. Tenía que haber imaginado que aquello no se había borrado y que tarde o temprano acabaría pasándome factura. Aquí no hay amigos, Sophie. Sólo jefes y subordinados. Por eso, cuando escuché esas últimas palabras, me levanté y dije:

–Yo también lo siento.

Y conforme lo decía apreté con fuerza los puños.

Toda aquella parafernalia en el fondo sólo tenía una intención: provocar en mí la culpa, hacerme pensar que era yo quien lo había decepcionado, a él y a la universidad. Era yo quien no había sabido hacer bien las cosas y tenía que decir «lo siento». Yo, no el sistema burocratizado; ese mismo sistema que, después de todos estos años de becario, de ayudante perpetuo, de titular interino, de cobrar una miseria y no descansar en ningún momento, me expulsaba ahora por no haber sabido ajustarme a sus exigencias.

–Son malos tiempos –concluyó–. Esta crisis...

Por supuesto, la crisis. Antes o después tenía que aparecer. La excusa perfecta. La coartada para que sólo queden aquellos que son una fiel imagen de la maquinaria de los nuevos tiempos. El resto son impurezas, manchas que deben ser metabolizadas, forcluidas o escupidas. Algo había comenzado a cambiar, Sophie. Lo intuía ya desde hacía bastante tiempo. Y cuando salí de aquel despacho fui consciente de que el cambio se había producido. La universidad había dejado de ser el lugar del conocimiento para convertirse en espejo de la burocracia.

Quizá entiendas mejor ahora por qué respondí inmediatamente al e-mail de Anna Morelli. Yo no había sabido jugar mi partida, es cierto. Pero el azar –o la sincronicidad, o sabe Dios qué fuerza misteriosa– me daba ahora una curiosa oportunidad. Una oportunidad para levantarme y dejar atrás ese edificio agrietado y ruinoso en el que se había convertido mi vida. Un edificio que, entre otras cosas, también se desplomaba porque había perdido su piedra angular, su único punto de apoyo durante todo este tiempo.

Lara.

Al final las cosas no habían podido arreglarse. El matrimonio ejemplar, el vínculo inquebrantable, la pareja perfecta, el equilibrio de tantos años... Todo se había ido a la mierda. Por un momento, por un pequeño e insignificante momento. Después de tantas y tantas cosas.

A veces un instante lo pone todo patas arriba.

Lo poco que me quedaba tenía los días contados. Cuando acepté la invitación, intuía que para el final del semestre iba a estar ya en la calle. Y no me equivoqué. El fin de año lo pasé en el paro. Los exámenes de enero tuve que hacerlos sin contrato. Era el último compromiso que me quedaba con los alumnos. Y ni siquiera pude firmar las actas. La universidad a veces parece eterna, pero cuando las cosas cambian todo se acelera. Saturno devora a sus hijos. Sin ningún tipo de piedad.

Tuve que comenzar a hacer las maletas para darme cuenta de lo que significaba volver a Williamstown. Un salto hacia atrás. Retorcer el tiempo. Partir hacia el pasado para encontrar el futuro. Porque regresar a aquel pequeño pueblo en medio del bosque era volver al lugar donde nació una ilusión, al paraíso donde los sueños ahora deshechos comenzaron a fraguarse. Lo sabes bien, querida Sophie. Allí imaginamos otro mundo. Lo cambiamos todo, incluso lo que creíamos inamovible. Y no pensamos nunca en el futuro –aunque no cesáramos de soñar–. Pero el futuro ha ido llegando. Y nada, absolutamente nada, se ha mantenido en el mismo lugar.

2

La noche que regresé a Williamstown nevaba y hacía frío. Todo se repetía. Llegar de noche, llegar con frío, llegar con nieve, llegar allí. Sin embargo, la emoción de la primera vez, aquella que tantas veces te conté, había desaparecido. ¿Recuerdas que te dije que la primera noche los nervios no me habían dejado dormir? En aquel momento no era consciente de lo que significaba ser becario del Clark. Acababa de leer la tesis doctoral y había conseguido una beca reservada para unos pocos privilegiados. Aún no tengo claro por qué me seleccionaron. Quiero creer que realmente les interesó mi proyecto; aunque supongo que la carta de recomendación de Mieke Bal fue determinante. O quién sabe, lo mismo ese año cumplí el cupo latino. Lo único claro era que la emoción me desbordaba y que llegar allí era mucho más de lo que nunca había soñado.

Ahora, sin embargo, la emoción se había desvanecido. El día antes de partir intenté evocarla. Pero no apareció por ningún lado. Como tampoco lo hizo en el avión de American, ni en el aeropuerto de Albany, ni siquiera en el taxi, mientras salíamos del estado de Nueva York y nos adentrábamos en Massachusetts. No me emocionaron los carteles verdes, los nombres de las ciudades, la vegetación, la nieve, la carretera oscura o esa particular sensación de estar dentro de una película. Aquello que en otro tiempo me había embelesado ahora me resultaba indiferente.

Imaginé que la visión de la silueta iluminada del Clark en medio de la oscuridad cambiaría las cosas. Pero todo continuó exactamente igual. Sólo cuando el coche se adentró por el estrecho camino que desembocaba en la vivienda de los becarios comencé a sentir el esbozo de una emoción verdadera. Al bajar del taxi y quedarme allí de pie unos segundos mirando el antiguo caserón victoriano noté al fin un ligero erizamiento en la nuca.

Ahora sí que me estremezco al escribirlo. La misma casa, Sophie, la misma silueta. Las tres plantas, el sótano lleno de muebles viejos y máquinas de calefacción oxidadas, el piso noble, que evocaba una vivienda de finales del siglo XIX, y, por supuesto, los apartamentos para los becarios, amueblados como los hogares contemporáneos. Creo que fuiste tú quien me dijo que en realidad todo era una reconstrucción. Sí, lo recuerdo, fuiste tú, la primera vez que me visitaste y alabaste mi suerte: el piso grande del jardín; no se podía pedir más. Ahora esa suerte había cambiado; mi apartamento era dos veces más pequeño y estaba en la segunda planta.

Subí como pude las maletas y, antes de deshacerlas, bajé a la zona común para prepararme algo de cenar. Como había imaginado, el gran frigorífico de la cocina tenía comida suficiente para que los becarios pudiéramos sobrevivir unos días hasta poder hacer la compra. No tenía demasiada hambre, pero aun así calenté una sopa de tomate y me preparé un sándwich de pavo. Supe de inmediato que mi dieta no iba a variar demasiado en lo que restaba de estancia. Comer para salir del paso. Igual que la otra vez.

No quise regresar al apartamento sin recorrer de nuevo la casa. Doce años, Sophie. Y todo seguía igual. Detenido en el tiempo. La gran mesa, la pequeña biblioteca, los retratos nobles del XIX, la gran lámpara de la escalera principal y, por supuesto, el Steinway negro de media cola. Seguramente seguía desafinado. Fue ahí, junto al piano, donde todo cambió. Si todas las historias tienen su banda sonora, la nuestra fue una pura improvisación, sin partitura definida, con las notas moviéndose sobre el pentagrama sin saber demasiado bien dónde colocarse.

Cuando oí el sonido de la puerta exterior apenas había comenzado a subir las escaleras. Miré el reloj y vi que eran más de las once. Llevaba despierto casi veinticuatro horas. El viaje había sido demasiado largo y no tenía la cabeza para entablar ningún tipo de conversación. Así que aceleré el paso para no encontrarme con nadie.

Cerré la puerta con sigilo y me acerqué a la mirilla. El pelo rubio y corto, el cuerpo pequeño y delicado, el rostro fugaz..., era ella, sin duda. Tenía que serlo. Lo supe aquella noche y luego pude corroborarlo. En el apartamento de al lado. La desconocida a la que había dicho sí sin apenas pensarlo. Anna Morelli.

Ahora sabía algo más sobre su trayectoria. Había nacido en Trieste hacía veintiséis años y, a pesar de su juventud, su obra había sido expuesta en algunos de los museos más importantes y había participado en grandes bienales como las de Berlín, Estambul o São Paulo. Que su nombre ni siquiera me hubiese sonado el día en que leí el e-mail era un síntoma de lo alejado que me había mantenido del mundo del arte en los últimos años.

Morelli era la gran promesa del arte italiano. Y *Fuis-*

teis yo, su gran proyecto en continuo crecimiento, constituía –según palabras de un crítico de *Artforum*– «el intento más ambicioso y sutil por construir la identidad en una época en la que las fronteras del sujeto ya han sido destruidas».

Según pude leer después, Morelli pretendía «buscarse en los otros». Y lo que hacía, por resumirlo de algún modo, era viajar por el mundo tratando de encontrar fotografías y objetos en los que reconocerse. Bajo la idea de que la identidad y la memoria no sólo nos pertenecen a nosotros, quería componer una especie de álbum familiar e íntimo a través de las familias de los demás.

Eso, al menos, era lo que había hecho en sus exposiciones anteriores. Lo que había comenzado a desarrollar en el último año suponía un avance en ese proceso de búsqueda del yo a través de los otros. Ahora entraba en juego la destrucción. Borrar el contenido de las fotografías dejando apenas un pequeño fragmento de imagen a través del cual podría afirmar su identidad. «Tachar aquello que ya ha sido eliminado de la memoria. Borrar imágenes que ya nadie recuerda. Encontrarse en las historias olvidadas. En las reales, pero también en las imaginadas.»

Ésa era la parte del proyecto que pretendía continuar en el Clark. Y era ahí donde entraban en juego las películas.

Las películas. Comencé esta historia hablando de ellas y, sin embargo, en esos momentos apenas me importaban. Lo único que deseaba era salir de España y escapar del presente. Las películas habían sido la excusa perfecta. Aún no podía imaginar lo que escondían las sombras inmóviles. Todavía no había empezado nada. Aquélla era sólo una noche. La primera. Y yo estaba tremendamente cansado.

3

El día de la presentación fue el primero que volví al Research Center del Clark. Apenas me dio tiempo a fijarme en las nuevas construcciones del exterior. Llegaba varios minutos tarde –como siempre; ya sé que no lo soportabas– y tuve que cruzar a toda prisa la biblioteca para entrar en la Seminar Room, donde el acto estaba a punto de empezar.

Allí continuaban los cuadros de los becarios más insignes –el mío no–, la gran mesa central, la cafetera ya casi desgastada por el uso y las enormes sillas de madera que apenas podían moverse de sitio si uno no se encontraba con fuerzas. Todo permanecía en el mismo lugar. O mejor, casi todo: me resultó muy extraño no ver a Michael Ann; yo casi identificaba el Clark con ella. No sé si tú todavía estabas ahí cuando se produjeron los cambios en la dirección. Primero, Darby English, con quien las cosas no habían ido mal. Y, desde hacía dos años, Norman Jones, cuyo perfil estaba más cerca del gestor que del investigador.

Me saludó afectuosamente al entrar y me animó a sentarme para dar comienzo cuanto antes a la presentación. Encontré un hueco en una esquina de la sala y me acomodé intentando no hacer demasiado ruido. Ésa fue la primera vez que vi a Anna Morelli sin el tamiz de la mirilla del apartamento. Nos reconocimos inmediatamente, aunque en ese momento no tuve tiempo de saludarla.

El director agradeció nuestra presencia allí y presentó el *focal theme* del semestre: «Memoria, historia y obsolescencia». Los becarios estábamos allí para trabajar, de un modo u otro, en ese ámbito.

–Durante los próximos cuatro meses –explicó–, el Clark pondrá a vuestra disposición todos sus medios y recursos para que las investigaciones lleguen a buen puerto. Estoy convencido de que sabréis aprovecharlos. Espero también que durante ese tiempo el ambiente de trabajo permita crear una comunidad intelectual donde todos aprendamos de todos. Ése es también uno de los objetivos del programa de investigación del Clark: promover el conocimiento a través del contacto y el diálogo.

Después llegó el momento más temido: la puesta en común. Nunca he llegado a acostumbrarme a esta especie de performance académica. A mi timidez patológica y mi incapacidad para concretar en unas pocas frases toda una carrera, se sumaba aquí mi problema con el inglés. Creo que jamás podré llegar a hablarlo correctamente. De hecho, he decidido escribir aquí en mi idioma los diálogos y las conversaciones –la mayoría originalmente en inglés– para que el libro sea más legible y no acabe convirtiéndose en un martirio. Pero puedes imaginar que en todo momento –especialmente durante las primeras semanas– tenía que hacer tremendos esfuerzos para poder entender cualquier cosa con un mínimo de precisión. Y, sobre todo, que mi inglés hablado seguía siendo pobre, trabado, dubitativo y con el mismo acento marcado de siempre. Espero que puedas evocarlo mientras lees.

No quiero imaginar lo que pensarías de mí la primera

vez. Te recuerdo perfectamente. Antes de que todo comenzase. Ese día hablé sólo para ti, sin tener idea aún de quién eras y a qué te dedicabas. Por alguna razón, tu mirada me reconfortó y ya no pude apartar la vista de ella.

Pero ahora tú no estabas allí. Y a pesar de ello no pude evitar buscarte inconscientemente al escrutar con la mirada los rostros de los empleados del Clark. Algunos de ellos los reconocí. Otros me resultaron extraños. Fue en ese rápido vistazo cuando pude ver a Francis, sentado en uno de los sillones junto a la puerta, con su inconfundible pantalón de pana marrón y uno de esos gorros de lana que siempre decías que lo hacían más joven.

Después de una breve ronda, en la que los bibliotecarios y los profesores del máster indicaron su nombre y ocupación, nos llegó el turno a los cuatro becarios. A Anna ya la había identificado, y a los otros dos, Dominique Tilmant, el historiador belga, y Richard Egan, el único americano entre nosotros, también los había reconocido por las fotos.

En el fondo todos sabíamos quiénes eran los demás. Seguramente, como yo, cualquier interesado habría curioseado en la web del Clark el currículum y el proyecto de los investigadores. Aun así parecía necesario decirlo, actuarlo, mostrarlo. Faltaban la voz y los gestos. Faltaba dotar de vida a la foto.

Dominique explicó brevemente su proyecto: investigaba sobre técnicas fotográficas antiguas y analizaba el modo en que algunos artistas contemporáneos habían comenzado a utilizarlas en el presente.

—Se trata de mirar el presente con los ojos del pasado —dijo—, con aquellos ojos cuya mirada fue cegada por el paso del tiempo.

Hablaba con solemnidad y con un perfecto acento

británico –luego supe que, aunque enseñaba en Lovaina, había estudiado en Essex–. Era el único de entre todos los asistentes que llevaba corbata. Le faltaba el bastón para parecer un dandi del siglo XIX.

Cuando acabó su discurso, el director miró al joven que tenía al lado y le dio la palabra.

–Rick –dijo–, de Michigan.

Estaría a punto de cumplir los cuarenta pero parecía un adolescente. Cualquiera lo habría confundido con un estudiante de grado. Vaqueros rotos, camisa de cuadros abierta y camiseta de la Universidad de Stanford. Daba clases en el MIT e investigaba los usos de las tecnologías de entretenimiento una vez que se vuelven obsoletas.

–También tiene que ver con torcer el tiempo y esas cosas –concluyó–. Como mi colega.

Ambos trabajaban en el terreno de la memoria y la obsolescencia. Y no ocultaban su emoción por poder hacerlo ahora en ese lugar privilegiado.

Me recordaron mi primera vez. Creían que su investigación servía para algo; lo creían igual que un día lo creí yo.

Me habría gustado conservar esa ingenuidad. Pero ya no era tiempo de creer, Sophie. No era cuestión de edad; otros seguían creyendo. El sistema estaba fundado en la creencia. Todas esas becas, todo ese dinero, todo eso sólo era posible si uno creía que el arte, la historia, las humanidades... servían para algo. Yo lo creí; tú lo viste, estabas allí. Pero después supe que había puesto demasiada vida en ello. Tanto, para nada; para tan poco.

¿Cuándo dejé de creer? Supongo que hubo un momento concreto. Poco a poco me fui dando cuenta de que lo que hacía era inútil, pero sólo al final lo vi claro. El tercer texto, el quinto congreso, el sexto, el noveno..., cuando llevas cincuenta llegas a la conclusión de que nada de lo que haces ha servido para cambiar las cosas. Escribir, hablar..., nada rescata nada. Todo gira sobre sí mismo. Textos, ideas, charlas que se retroalimentan y se quedan en el mismo lugar. Nada cambia nada.

No sé si fue antes o después, pero en un momento del camino dejé de creer.

Si hace unos años decidí escribir una novela y centrarme en la narrativa fue porque ya había dejado de creer en el arte y en la academia. Ésa es la verdad. Mi novela se cerraba con una reflexión sobre esto mismo: por qué una novela y no un ensayo. Y aquello que allí parecía ficción en el fondo era real, era lo que yo pensaba. A partir de entonces me resultó muy difícil volver a escribir ensayos académicos o crítica de arte, y todo lo que hice en adelante fue ya una impostura. Incluso en la universidad. Comencé a sentir que todo aquel mundo me era ajeno. Y, sin embargo, no cesé de hacer cosas, como si alguna fuerza interior me obligase a continuar, a escribir, a aceptar charlas y conferencias, a seguir en ese lugar del que debería haber escapado.

Supongo, no obstante, que aún guardaba algo de la fascinación primera. Y quizá por eso la presentación de los becarios, el brillo de sus ojos y el de los asistentes, la intensidad de sus cuerpos, logró conmoverme. O quizá en el fondo fuese tan sólo envidia. Sí, probablemente fue eso lo que sentí: envidia de toda aquella ingenuidad.

4

Anna Morelli contó lo que yo ya sabía y he escrito páginas atrás: que trabajaba con imágenes del pasado buscando en ellas su identidad, imágenes anónimas en las que se sentía aludida. Explicó que había encontrado dos maletas llenas de fotografías familiares y que algo en ellas había comenzado a invocarla.

Lo primero que me sorprendió fue su inglés. Seguramente un nativo percibiría su acento, pero a mí me pareció impecable. También me llamó la atención su puesta en escena. Hablaba mirando al suelo, con timidez, pero segura de lo que decía, como si tuviera el discurso perfectamente estructurado en la cabeza. Mientras la escuchaba me fijé en su tez blanca, su rostro anguloso y sus ojos rasgados pintados de negro. Un amplio jersey de lana con el cuello desbocado envolvía su cuerpo delgado. Parecía sacada de una película de Godard, una mezcla entre el aspecto juvenil y delicado de la Jean Seberg de *Al final de la escapada* y el rostro turbador y ausente de la Anna Karina de *Alphaville*.

—Me encuentro a mí misma en esas imágenes que borro —dijo—. Es como si ahí, aunque sea por un momento,

31

el proceso de pérdida continua de lo que somos quedara congelado. *Fuisteis yo* no significa otra cosa. Intentar ser alguien en lugar de ser... nada.

Esa última palabra, ese «nada» casi inaudible al final de la frase, abrió mi cuerpo a sus ideas. Y pude sentir que lo que decía iba más allá de la metáfora bella y poética: realmente necesitaba esas fotos para ser quien era; o, al menos, para intentarlo.

Al final de su intervención se refirió a las películas que había encontrado junto a las fotografías.

–Decidí trabajar con las fotos, pero estaba convencida de que en las películas también había una historia. Allí ya habían sido borradas las imágenes y sólo quedaba una sombra. Alguien tenía que poner palabras a todo aquello. Y fue en ese momento cuando pensé en Martín Torres –dijo levantando ligeramente el rostro y mirando hacia mí–. Supuse que no perdía nada por proponerle que regresara al Clark para intentar escribir una historia.

Tras decir eso, calló y me dedicó una sonrisa minúscula, arqueando levemente las cejas para sugerir que había llegado mi turno.

Hice lo que pude para encadenar mi presentación con su discurso. Esbocé mentalmente el tono antes de decir nada e intenté que todo sonase nostálgico y comprometido. Comencé mostrando mi alegría por estar de nuevo allí y dije que aún no tenía claro lo que iba a hacer. Antes había comparecido como historiador del arte y ahora lo hacía como escritor; la otra vez llegué repleto de ideas y ahora acudía esperando a que surgieran aquí. Dije todo esto, y también comenté que estaba ansioso por ponerme frente a las imágenes y que venía dispuesto a dejarme atrapar por ellas.

Busqué entonces la frase perfecta para acabar:

–Intentaré imaginar una historia posible, poner, como decía Walter Benjamin, palabras a las imágenes que han perdido su pie de foto.

Sabía que invocar a Benjamin era la mejor manera de terminar. Con los años uno aprende a decir lo que el público desea escuchar.

Mientras hablaba me sentía un farsante y temía ser descubierto. No era la primera vez que me ocurría en los últimos años. En realidad, me sucedía cada vez que aceptaba asistir a algún congreso o conferencia científica. Cuando me hallaba entre los demás asistentes me veía como un intruso a punto de ser desenmascarado. Y aquella mañana, en el Clark, el temor fue en aumento conforme avanzaba mi exposición. Sin embargo, una vez más, la actuación pareció creíble, y al terminar me sentí como el gimnasta que pone los pies en el suelo y saluda al jurado satisfecho tras el ejercicio. Busqué el rostro de Anna. Parecía complacida. Quizá pensaba que había tomado la decisión correcta y que yo era la persona idónea para el proyecto.

Fue en ese momento, después de que el director diera por finalizada la presentación y nos animara a tomar un aperitivo en la cafetería, cuando percibí a lo lejos la mirada impávida de Francis, menos condescendiente que la del resto. Sus ojos verdes me seguían escrutando en la distancia, como si no pudieran dar crédito al hecho de encontrarme de nuevo en aquel lugar.

Justo después de finalizar la charla quise acercarme a Anna para saludarla, pero antes de que pudiera dar un paso hacia ella noté una mano sobre mi hombro:

–Martín, me alegro mucho de que hayas vuelto.

Era Ernst. Continuaba igual, sin arrugas, aunque había engordado bastante. Seguía de conservador de Pintura francesa, pero estaba a punto de jubilarse. Siempre creí que tú y él habíais tenido algo. ¿Cómo pude imaginar algo así?

–¿Y tu investigación sobre la migración? –acabó preguntando–. ¿La publicaste ya?

–En parte –dije. Tuve que pensarlo unos segundos–. Algunas ponencias..., pero es un trabajo en curso. El libro está aún por revisar.

Eso fue lo que le contesté. Pero la realidad era bien diferente. Le mentí, Sophie. Como luego mentí a todos los que se acercaron a preguntarme. No había logrado escribir el libro. Jamás iba a hacerlo.

Sabía que la pregunta acabaría llegando antes o después, aunque no imaginaba que lo hiciese tan pronto. «¿Qué hay de tu investigación?» Éste era uno de los temores que tenía cuando acepté regresar al Clark. Y lo era porque de mi investigación no había nada. Lo único que había llegado a publicar era un pequeño fragmento sobre un inmigrante en un locutorio que incluí en mi novela. Ése había sido el único resultado de nueve meses de investigación. Cinco páginas en una novela. Y poco más.

Había llegado el momento de rendir cuentas. Por supuesto, nadie preguntaba con mala intención. Los bibliotecarios, los profesores del máster, los conservadores del museo, los responsables de la administración, incluso los técnicos del museo. Era simple curiosidad. Pero en sus ojos acechaba también la mirada del sistema. Era el sistema el que preguntaba a través de cada uno de ellos: ¿dónde están los resultados? ¿Dónde está el fruto de aquellos años, de aquellos recursos que consumiste? ¿Sirvió de algo todo lo que hice por ti? ¿Los libros que busqué, los que pedí, los artículos que fotocopié, las fotografías que escaneé, los cartuchos de tinta que cambié, las referencias que te ofrecí? ¿Dónde fue a parar todo aquel esfuerzo?

No importaba que el tiempo de estancia allí hubiera sido maravilloso, que realmente hubiera aprendido, que hubiera leído y estudiado con una intensidad que ya nunca después se ha vuelto a repetir. Lo único que importaba era que el resultado de la investigación no había llegado, que no había escrito «el libro del Clark». Todos los becarios lo habían publicado antes o después. Pero yo no había sido capaz. No había sabido cómo hacerlo. Había acumulado información durante años, y había seguido comprando libros, descargando artículos y archivándolo todo para cuando llegara el momento de la escritura. Sin embargo, poco a poco fui perdiendo interés, el proyecto se desinfló y jamás pude escribir nada más allá de esas cinco páginas de la novela.

Fracasé, Sophie. No hay mejor palabra para expresarlo. No importa que luego haya escrito otras cosas con un éxito relativo, pequeño, casi inexistente. Para mí todo ha sido un fracaso, un sueño truncado, al menos como historiador del arte. Y todos los que se acercaban ahora a saludarme, con sus preguntas, con su interés sincero, no hacían otra cosa que venir a recordármelo.

Intenté mantener las formas y aguantar la situación lo mejor posible. Pero cada vez que levantaba la cabeza me encontraba a lo lejos con la mirada escrutadora de Francis. Seguía allí, de pie, con su gorro de lana en la mano, a la espera de algo que yo podía intuir pero que aún no estaba preparado para ofrecerle.

Comencé a sentir una presión en el pecho. Necesitaba salir de ese lugar. Y pensé que Anna era mi única vía de escape. Me zafé sin demasiada elegancia de uno de los

5

Bajamos hasta el sótano, cruzamos la hemeroteca, la sala de mantenimiento del edificio e incluso uno de los almacenes del museo. Durante el trayecto Anna se dirigió a mí en un español fluido que dijo haber aprendido en Valencia durante un semestre de Erasmus. Al hablarlo arrastraba las erres y su voz se volvía algo más grave, como si saliese de un lugar más profundo, más sincero. Se convirtió en nuestro idioma cuando estábamos solos. Para mí fue un regalo.

Después de adentrarnos por varios pasillos, llegamos a una pequeña puerta de metal. Anna sacó las llaves de su bolsillo y con dificultad consiguió abrir la cerradura. Pulsó el interruptor que había junto al umbral y de repente todo se iluminó.

–Es bello –dijo.

Y sí que lo era, Sophie. La estancia, de unos treinta o cuarenta metros cuadrados –nunca he sido bueno para calcular dimensiones–, estaba rodeada de estanterías de metal donde se amontonaban todo tipo de aparatos anticuados. Proyectores de diapositivas y de transparencias, cámaras fotográficas, cámaras de cine, ordenadores de cinta y de

37

disco blando, vídeos de todos los sistemas... Era, según me dijo, el lugar donde el Clark almacenaba los medios obsoletos, muchos de ellos aún necesarios para reproducir formatos que habían sido ya superados. Parecía un geriátrico de medios, un asilo tecnológico, un cementerio de aparatos zombis que permanecían allí fuera de su tiempo.

Percibí enseguida un olor penetrante que me recordó el de las tiendas de segunda mano. Un olor a usado, opaco y mortecino, que ahora, cuando escribo, lejos ya de ese lugar, aún parece rodearme.

En el centro de la sala había una gran mesa de madera con un ordenador y una impresora de tinta. Junto a ella, en el suelo, dos grandes maletas marrones con la piel craquelada y las esquinas deterioradas.

–Dentro están las películas –dijo Anna–. Quizá no tengan nada que ver con ellas y probablemente alguien las pusiera allí para almacenarlas mejor. Pero a mí me siguen pareciendo hermosas.

–¿No has podido averiguar nada sobre ellas? –pregunté.

–Nada. Ni un nombre, ni una pista que seguir. Pero no me preocupa. Creo que las imágenes dicen algo. Con independencia de quien las haya realizado. Las fotografías me aluden directamente. En las películas... sé que hay algo, pero no me hablan a mí. Lo intuyo. Y confío en que te lo puedan decir a ti. Estoy convencida de eso. Aún no sé por qué.

Me quedé mirándola unos segundos, pensando que yo tampoco sabía el porqué. «A mí ya no me hablan las cosas», habría querido decir; «nunca me han hablado.» Pero preferí callar y fijarme más de cerca en sus ojos, en el verde mar de sus iris y en sus pupilas diminutas. Incluso a esa distancia, su mirada seguía ocultándose detrás de su delineador de ojos. Era difícil saber dónde acababan los párpados y comenzaba el maquillaje. Reparé también en ese momento en una pequeña incisión sobre la parte izquierda del labio superior, seguramente la huella de un piercing, el vestigio de una juventud aún no extinguida.

–Querías ver las películas, ¿no es así?

–Claro –contesté algo avergonzado.

Se acercó entonces hacia la pared y desplegó una pequeña pantalla blanca. Después, arrastró hasta el centro de la estancia una mesa de metal con ruedas y, señalando el objeto que había sobre ella, dijo:

–Ésta es tu máquina del tiempo.

Yo no había tocado un proyector de 16 mm en mi vida. Tan sólo los había visto de cerca en las exposiciones de arte contemporáneo y siempre me habían parecido artilugios mágicos. El que ahora tenía frente a mí era mucho más pequeño que los grandes engendros de metal que poblaban las salas de los museos.

–Sabes cómo funciona esto, ¿verdad?

–Creo que... –dudé– no. ¿Tengo que usarlo yo?

–No te preocupes –dijo–. No es difícil.

Abrió una de las maletas, sacó una película y me la ofreció para que la examinara.

–16 milímetros. Son las originales. Reliquias del pasado.

Era la primera vez que tenía en mis manos una película de ese formato. Una lata de metal que en ese momento me pareció bastante grande –luego supe que el diámetro dependía de la duración– con una etiqueta en el centro en la que se podía leer: «1959, 46 minutos».

Se la devolví. Ella se la acercó a su estómago y, no sin esfuerzo, consiguió abrirla y sacar la bobina.

–Lo primero es la película. La colocas aquí –dijo poniendo el carrete con la película en el brazo delantero del proyector– y la bloqueas cerrando esta pestaña de metal.

Luego haces lo mismo –repitió el movimiento– en el otro extremo del proyector con el carrete vacío, que es adonde va a ir a parar la película. Y ahora, asegurándote de que está conectado a la corriente, enciendes el proyector y pones esta rueda de aquí –señaló una pequeña palanca con las funciones «motor», «avanzar» y «rebobinar»– en modo «avanzar».

Movió la rueda y el carrete trasero comenzó a girar como un tiovivo. La sala se llenó de un ruido que parecía magia. Sonaba a cine, aunque aún no se viera nada.

–¿Bien? –preguntó.

Asentí. Sabes que soy un manazas, pero de momento parecía fácil.

Observaba los movimientos de Anna casi como si se tratara de un rito iniciático. Siempre me ha gustado fijarme en estas pequeñas sabidurías. Aunque debido a mi torpeza haya preferido la teoría a la práctica. ¿Recuerdas la cantidad de objetos que acabé rompiendo en tu casa? «No te acerques a mis manuscritos», decías cada vez que bajaba a ver la sección de libros raros de la biblioteca. También eran oro para ti. Joyas, tesoros tan preciados como las películas que me habían traído de vuelta a este lugar.

Anna continuó con el proceso, con lentitud extrema y sin dejar de mirarme mientras me mostraba todos y cada uno de los pasos. Yo me fijaba en el movimiento casi coreográfico de sus manos. Parecía una danza entre la máquina y el cuerpo. Me llamó la atención el color amarillento de la piel de sus dedos, algo quemada, como si estuviera en carne viva.

–¿Crees que es difícil? –dijo cuando terminó de colocar la película.

–Supongo que podré hacerlo.

–La segunda vez que lo hagas no tendrás ni que pensar. Podría ser peor. Este sistema de autocarga es relativamente moderno. En los de la época en que fueron filmadas las películas, y todavía algunos hoy, hay que pasar la película por casi todos los rodillos interiores, incluso levantando la lente. Es como coser. Esto es más fácil. Sólo hay que enhebrar la aguja.

Antes de que me atreviera a preguntarle cómo sabía todo eso, me contó que había hecho varios cursos de cine experimental y que una de las primeras cosas que se enseñaba era la técnica.

–Los teóricos escriben sobre imágenes y discursos, pero la mayoría no sabe diferenciar una cámara de super 8 de una de 16 mm.

–Ya... –dije, consciente de ser uno de esos que hablaban sin tener ni idea.

–Todo lo que tienes que hacer ahora es encender la lámpara y ajustar la lente, como un proyector de diapositivas.

Pulsó el interruptor y en la pantalla comenzaron a aparecer las imágenes. Las miró durante unos segundos y rápidamente apagó el proyector.

–No quiero quitarte el privilegio de que las veas en soledad. Te dejo ya con ellas. Tengo muchas esperanzas puestas en esto.

–Yo también –mentí, y miré hacia el suelo.

–Debes dejar que te hablen y escribir la historia que acabe surgiendo. Es importante para mí. Es la parte central de mi proyecto. Encontrarme en las historias de los demás. Y también propiciar el espacio para que surjan. Todo está por llegar.

–Llegará –dije–. Escribiré.

Antes de que saliera por la puerta le pregunté por su ubicación en el Clark. Un estudio en Stone Hill, me dijo, el edificio nuevo al final de la colina, junto a los talleres de restauración.

—Tendré que hacerte una visita —bromeé.

—Prefiero que no —me paró en seco—. La soledad nos vendrá bien al principio.

—Claro. Yo también la necesito —dije excusándome. Aunque esta vez no mentía. A pesar de todo, de la conversación con Anna y de su agradable compañía, quería quedarme solo cuanto antes. Lo que no tenía claro era si mi deseo se debía al ansia por estar al fin frente a las películas o a la simple necesidad de encerrarme allí y escapar del mundo, ese mundo que esperaba de mí cosas que no sabía si iba a poder ofrecer.

6

Me quedé solo con las imágenes. Había regresado allí
–al Clark, a Williamstown– para ese preciso momento.

Monté la película en el proyector, bajé las luces y pre-
sioné el interruptor siguiendo los movimientos que había
aprendido de Anna. Como si se tratase de un truco de magia –pocas palabras describen mejor lo que ocurre cuando
un proyector se pone en marcha–, las imágenes comenzaron a brotar del ojo de aquel pequeño cíclope para posarse
sobre la pantalla.

Fue entonces cuando apareció de nuevo la sombra sobre el muro. Era la misma escena que había visto en la
pantalla del ordenador. Sin embargo, ahora todo parecía
diferente. Lo que antes había experimentado como inmovilidad, estatismo y fijeza se había transformado en puro
movimiento. La sombra se movía. No cesaba de hacerlo.

Enseguida me di cuenta de lo que sucedía: el sonido.
El ruido del paso de los fotogramas también formaba parte de la película. Era como escuchar el tiempo, sentirlo.
Igual que el mínimo pero perceptible parpadeo de la imagen, que hacía que todo se moviera a pesar de estar aparentemente en reposo. Lo que yo había presumido inmó-

vil estaba lleno de tiempo. La imagen latía, respiraba, igual que parecía hacerlo la sombra.

No creía del todo en las palabras de Anna, ni pensaba que las imágenes tuvieran en su interior alguna especie de presencia. Pero no voy a negar que me emocioné al entrar en contacto con la película. Había algo que la imagen quería decirme. Lo presentía. Aunque aún no sabía lo que era.

No sé cómo explicártelo, Sophie. Nunca he creído en estas cosas. Tu manera de ver el mundo como si todo estuviera escrito en algún lugar siempre me resultó cuestionable. Nunca te lo dije. Pero aprovecho para hacerlo ahora. Muchas veces simplemente te seguí la corriente: encendí incienso, medité en la postura del loto, cerré los ojos e intenté visualizarme como un pequeño fragmento de un universo en el que todo está conectado. Pero nada de eso me llegó a convencer. Nunca creí del todo en «la luz».

Aun así, ahora, frente a la sombra, frente a todas y cada una de las películas que pude ir viendo casi de modo compulsivo ese primer día, sentí que algo me hablaba. Había un mensaje en aquellas imágenes. Y en aquel momento comencé a intuirlo, aunque aún no pudiera –o en el fondo no quisiera– reconocerlo.

II. El aire que una vez respiramos

Una felicidad capaz de despertar envidia en nosotros sólo la hay en el aire que hemos respirado junto con otros humanos, a los que hemos podido dirigirnos.

WALTER BENJAMIN

1

Las primeras semanas las pasé concentrado en las imágenes, repitiendo casi todos los días la misma rutina. Me levantaba temprano, desayunaba, salía de la casa y recorría a pie los diez minutos que separaban el Clark de la residencia de los becarios. El frío polar lograba espabilarme. Y el crujido de la nieve triturada bajo mis pies servía de improvisada banda sonora para mis pensamientos matutinos. Al llegar al Research Center bajaba al sótano y entraba rápidamente en lo que había decidido llamar mi oficina. A las doce hacía una pequeña pausa para almorzar y subía a tomar un sándwich y una sopa al restaurante. El resto de la jornada, hasta las cinco o las seis, apenas salía del sótano como no fuera para buscar algún libro en la biblioteca o rellenar mi taza con el café aguado –pero adictivo– que preparaban los bibliotecarios en la última planta.

A los pocos días, lo que creía que iba a ser tan sólo una manera de aislarme y olvidar, apenas un entretenimiento, comenzó a convertirse en algo parecido a una obsesión. Aunque en dos días ya había conseguido ver todas las películas, necesitaba volver a contemplar de nuevo alguna de ellas cada mañana, casi como un ritual, como una manera

47

de convocar el estado de trance. Ponía la película en el proyector, apagaba la luz, encendía un pequeño flexo y me sentaba junto a la mesa con un bloc de hojas amarillas y un bolígrafo azul para ir tomando notas de cuanto veía.

Lo primero que hice fue observarlas con detenimiento. Las cinco películas. Una y otra vez. En todas aparecía exactamente lo mismo: el mismo encuadre, la misma profundidad de campo, la misma distancia. A pesar de eso, en menos de dos semanas llegué a establecer sutiles diferencias y a identificar pequeños detalles, mínimos y anecdóticos.

Todas las películas parecían filmadas en otoño, quizá en el mismo mes, año tras año. Los árboles desnudos y el suelo cubierto de hojas lo confirmaban. Pese a que mis conocimientos de botánica eran precarios, pude intuir que se trataba de fresnos, como muchos de los que abundan en los bosques de la Costa Este. Fresnos y robles. Aunque no resultaba evidente en un primer visionado, se podía comprobar su crecimiento de una película a otra. Algo más patente era el proceso de envejecimiento de un árbol seco a la izquierda del muro, cada película más inclinado y quebradizo.

Había detalles menos visibles en los que acabé también fijándome con el tiempo. Las piedras del muro, por ejemplo, se convirtieron en elementos de medida para establecer el leve movimiento de la sombra, que actuaba casi como un reloj de sol: las películas habían sido filmadas a una hora aproximada, aunque con varios minutos de diferencia. Lo único que no cambiaba de una a otra era la duración. 46 minutos, exactamente lo que duraba la bobina. Ésa fue la primera conclusión a la llegué: que no había ninguna planificación. No había narración; tan sólo una imagen recortada en el tiempo. Un fragmento de realidad separado del mundo por un encuadre y una duración determinadas.

48

Nunca había empleado tanto tiempo en la observación de una imagen, ni tampoco en una descripción. Esos días llevé la écfrasis hasta el paroxismo. Describir es otra manera de mirar. Cuando uno describe una imagen siempre hay cosas que no ve y otras que ve demasiado. Cosas que desaparecen y cosas que se acaban ensanchando.

Al describir las películas descomponía lo que tenía ante mis ojos, lo abría. Escribía al mismo tiempo que pasaban las imágenes. Mi ritmo de escritura se armonizaba con el tiempo de la película. Pero por mucho que describiese lo que veía y me demorase en los detalles, la escena siempre estaba allí cuando yo había terminado de escribir.

Recordé la película de Víctor Erice sobre Antonio López y su intento frustrado de pintar un membrillo. Recordé también a Cézanne tratando de captar, día tras día, semana tras semana, la montaña de Sainte-Victoire. A Antonio López se le resistía la apariencia, lo que el ojo puede ver. Cézanne, en cambio, intentaba hacerse con la esencia, con la verdad, con lo que respira debajo de las cosas. Pensé que algo de esto había en las películas, y sobre todo en mi intento de apresarlas. Una verdad que se me escapaba.

Podía describir las películas cada vez con mayor destreza, abrirlas, descomponerlas, analizarlas. Pero no sabía realmente lo que me decían, cómo me punzaban. Había llegado a eso que Roland Barthes llamó el *studium,* lo que la imagen muestra; pero no al *punctum,* la parte que aguijonea la mirada, la que el espectador pone en lo que ve, la que toca por dentro, el lugar desde el que supuestamente yo tenía que escribir.

49

Percibía cómo la imagen introducía sus garras en mi cuerpo. Lo que aún no podía saber –¿cómo no pude haberlo advertido aún, Sophie?– era qué parte de mí había empezado a ser punzada, dónde se clavaba la sombra, dónde había comenzado a arder yo.

2

Apenas hablaba con nadie. Tan sólo cruzaba alguna palabra con los bibliotecarios del Clark para solicitar libros o artículos y con el dependiente de la pequeña tienda que había junto al museo para comprar lo necesario para vivir –latas de comida, sopas, huevos, leche y alguna ensalada; poco más–. Mi rutina de trabajo se parecía bastante a la de ese prometedor historiador que una vez conociste. Mis tardes y mis noches, también. Ponía la tele nada más llegar a casa. Era mi ruido de fondo. Muchas veces era el único inglés que escuchaba en todo el día. No veía nada especial. Algunas series, las noticias y, en contadas ocasiones, una película. Pero la publicidad podía conmigo y, por lo general, después de cenar, acababa entrando en internet.

La primera vez que estuve aquí no llegué a desconectar del todo. Recuerdo que no cesaba de mirar los periódicos españoles y que después de cenar no podía evitar leer las primeras ediciones sabiendo que en España ya había entrado la madrugada. Vivía con el paso cambiado. De algún modo, seguía residiendo en mi país. Ahora, sin embargo, sentía que España estaba realmente lejos. Mi vida allí pertenecía al pasado. Ya no había nada que me mantuviese atado a aquel país. Y eso, por supuesto, sólo tenía una explicación: Lara. Ella había sido mi ancla, mis cimientos, mi engarce con el mundo. Ahora, después de que todo se hubiera roto, no tenía sentido mirar más allá del lugar que habitaba.

No creo que te moleste que diga que ella siempre fue la primera. Precisamente tú me enseñaste a pensar que siempre tenía que haber una referencia, que alguna tenía que ser la primera, el eje, y que luego estaban las demás. Pero que la primera era insustituible. Ésas eran las reglas para que todo funcionase. Y todo funcionó. Hasta el día en que dejó de hacerlo.

Lara. A ella es a quien más he querido. Ahora lo sé. Ahora soy plenamente consciente, aunque siempre lo intuí, siempre lo tuve presente.

En mi regreso a Williamstown, sin ella, por primera vez pude sentir que estaba lejos. Aunque no tenía la sensación de haber llegado a ningún país concreto, sí era consciente de que existía una distancia entre el lugar en que vivía y el país que había dejado atrás. Una distancia que experimentaba como una especie de desvanecimiento del espacio. Estaba lejos, sí, pero lo estaba en el fondo porque el propio espacio había comenzado a desinflarse sobre mí. No sé cómo podría explicártelo. No tiene demasiado sentido. Pero en ese momento era lo que percibía: todo se soltaba, la presión cedía, el universo se volvía blando y pastoso. Y esa sensación la percibía también en mi cuerpo.

Incluso mi deseo había capitulado. Tan sólo algunas noches, cuando no podía dormir, navegaba por internet e intentaba liberar tensiones. Como el servidor de la casa era el mismo que el del Clark, prefería no entrar en ninguna página porno y acababa abriendo Facebook para mirar fotos de amigas y alumnas. Me había masturbado con ellas en innumerables ocasiones. Años atrás las redes habían sido mi campo de deseo. Las fotografías de Facebook se habían convertido en mi pornografía. Con pocas cosas me he excitado tanto como con las fotos de mis alumnas, descubriendo su intimidad, sus poses en la playa, sus muslos bronceados, sus vestidos de fiesta, sus labios pintados..., era como acceder a su cajón secreto. Mirar sin ser visto, entrar en su habitación, oler su ropa interior. Pero ahora ni siquiera esas fotos íntimas conseguían avivar del todo mi deseo, y tenía que excitarme recordando cómo me había excitado en los años anteriores.

Había perdido la fuerza de la libido y lo único que sentía era esa deflación que te he descrito. Mi universo se deshinchaba, como una escultura de Claes Oldenburg, blanda, contraída, inconsistente. Y la mayoría de las noches acababa eyaculando unas pocas gotas de semen amarillento con la polla medio flácida.

3

La idea de la cena se le ocurrió al director del programa de investigación para paliar la falta de contacto entre los becarios.

«El próximo viernes», decía el e-mail, «en el salón de la residencia de los becarios. El conocimiento se adquiere en el diálogo. El Clark es, ante todo, una comunidad intelectual.»

No recuerdo que la otra vez fuese necesario un evento de este tipo. Desde el primer momento los becarios planificábamos encuentros semanales y pequeñas tertulias sobre libros y películas. Pero ahora ninguno de nosotros había tomado la iniciativa. Tras más de dos semanas desde nuestro aterrizaje, apenas habíamos cruzado algunas palabras de cortesía en los pasillos, en el restaurante o en la biblioteca. «Tenemos que hablar..., tu tema de investigación me interesa..., debemos buscar un momento para vernos.» Pero ese momento nunca llegaba. Todos estábamos sumergidos en nuestro trabajo y no encontrábamos la manera de romper la normalidad que habíamos conseguido crear allí, una rutina que había acabado convirtiéndose en una ley inamovible.

Antes de comenzar, Jones reclamó un momento de atención:

–Me consta que estáis trabajando duro en vuestros proyectos. Y no seré yo quien os diga que descuidéis esa dedicación. Sin embargo, el sentido de las becas del Clark también está en el contacto y el diálogo. Ése es el éxito de este país y de esta institución.

A pesar del tono amistoso de sus palabras, me sentí como un niño recibiendo una especie de reprimenda por no hacer amigos.

Después, como en el día de la presentación, uno por uno compartimos nuestras experiencias durante esas semanas: habíamos avanzado bastante en nuestra investigación, la atmósfera de trabajo era especial, inmejorable, y la estancia merecía la pena. Nadie tenía ningún reproche que hacer. No se podía pedir más.

Pasado ese momento incómodo, la conversación se hizo fluida y rápidamente comenzaron a salir a escena, uno tras otro, todos los temas de interés del intelectual comprometido: los nuevos movimientos de protesta, el modo en que los norteamericanos veían la crisis económica de Europa, el silencio internacional ante ciertos conflictos, el fracaso de la política exterior de Obama, el estado de la universidad, la burocratización de la enseñanza, la crisis de las humanidades, el mundo global, el arte comprometido, el cine poscolonial, las periferias oprimidas, la necesidad de nuevas utopías... Pasamos de un tema a otro como si tuviéramos que ir satisfaciendo todos los ítems de alguna especie de yincana para eruditos de izquierdas.

Todo me sonó a ya dicho, a ya escuchado. La misma situación de todas las sobremesas a las que había asistido

55

en los congresos, conferencias o encuentros, con algún matiz local o temporal –lo que pasa aquí, lo que pasa ahora–, pero con el mismo contenido esencial. Y también, casi siempre, con los mismos posicionamientos. Eso era lo que más llamaba mi atención: la discrepancia no existía. Y cuando aparecía, lo hacía de modo sutil, para que nadie se ofendiera. El tono era también siempre el mismo: crepuscular y desencantado respecto al estado del mundo, y esperanzador y confiado respecto al papel de ciertas formas de cultura. El mundo se venía abajo. Y la única salvación estaba en el arte y las humanidades.

Como tantas y tantas veces en los últimos años, yo no podía quitarme de encima la marca de la impostura. Asentía, ofrecía alguna referencia, contribuía a mostrar el desmoronamiento del presente, y después recurría a dos o tres citas cultas y a pronunciar los términos mágicos que solucionaban la conversación: antagonismo, multitud, resistencia, emancipación, empoderamiento, agencia, soberanía, Laclau, Negri, Foucault, Rancière, Deleuze, Gramsci. Tenía la sensación de que manejando con cierta solvencia esos nombres y esas referencias uno podía salir airoso de cualquier círculo intelectual. Eran las contraseñas de un mundo secreto. Al pronunciarlas, uno se sentía reconocido como un igual y aceptado por la comunidad.

Así discurrió la cena. Uno hablaba y el resto asentía. No importaba quién tomase la palabra; todos opinábamos prácticamente lo mismo; ya sabíamos lo que teníamos que decir. Como mucho, se colaba por en medio alguna sutil discrepancia, un pequeño matiz a lo dicho o si acaso alguna pregunta retórica que sobre todo servía para continuar la conversación.

Yo lo observaba todo con cierta distancia. No llegaba a molestarme; más bien lo examinaba con curiosidad antropológica, como si estuviese al mismo tiempo analizando un ritual extraño y formando parte de todo lo que veía. Observación participante.

La experiencia de estos años me había hecho percibir claramente la impostura en los demás —por eso me aterraba tanto que a mí se me notase—. Pero durante la cena no llegué a tener claro si ellos creían o no en lo que decían. A veces, el hecho de usar fórmulas ya acuñadas y pensamientos ya forjados no quiere decir que éstos no se crean o que no produzcan realidad.

Por lo que intuí esa noche, los becarios estaban convencidos de lo que decían. Para ellos las palabras mágicas, los nombres y referencias aprendidos —que, por supuesto, utilizaban una y otra vez—, contenían algo de verdad. Quizá el caso del director fuera diferente. Esa noche le di un voto de confianza. Al menos hasta que se despidió:

—Espero que éste sea el principio de una comunidad intelectual fructífera. El conocimiento, ya sabéis, es dialéctico.

No sé si fue el tono, la expresión de su rostro, la cadencia de su pronunciación o lo extemporáneo de la expresión. Pero todo me sonó a frase hecha, a palabras insípidas, vacías de contenido.

Cuando se marchó, nos quedamos unos minutos más frente a la mesa. Fue entonces cuando Dominique sugirió que podíamos continuar «consolidando la naciente comunidad intelectual» en alguno de los apartamentos.

—En el mío hay whisky y me queda algo de hierba —dijo Rick.

—Entonces está claro. *Allons-y!*

Yo tenía sueño pero aun así decidí quedarme.

Miré a Anna y no supe interpretarla.

4

No pude evitar un ramalazo de nostalgia al entrar en el apartamento de Rick y ver que apenas había cambiado nada. La planta baja, Sophie. Nuestro lugar. La misma estructura, los mismos muebles, incluso la misma decoración. Tan sólo la gran mesa del salón había sido movida de sitio y estaba ahora en una esquina, frente a la ventana, repleta de pequeños artilugios electrónicos.

Me senté en el sofá mientras Rick entraba un momento en el baño. No cerró del todo la puerta de la habitación y pude entrever los pies de la gran cama de matrimonio. Nuestro campo de batalla. Nuestro paraíso. Algo se removió en mi interior.

Dominique llegó enseguida con una botella de bourbon bajo el brazo. Anna tardó un poco más. Cuando ya pensaba que había decidido no venir, abrió la puerta vestida con una sudadera amplia y una especie de pijama de algodón blanco. Tomó una silla, se descalzó y se sentó sobre sus piernas.

Rick sacó unos pequeños vasos y los dejó sobre la mesa:

–No sé si tendré hielo suficiente –dijo.

—Mejor —contestó Dominique—. Así se aprecia el sabor a maíz y roble.

Nunca he sido un gourmet, pero reconozco que había algo especial en aquel bourbon.

Me fijé por un momento en el gesto de placer de Dominique.

—*Mon Dieu* —dijo cerrando los ojos después de dar un pequeño sorbo a la bebida.

Rick comenzó a liar un poco de hierba. Encendió el cigarro, le dio una calada y se lo pasó a Dominique.

—Ahora sí, *c'est perfect* —suspiró. Y se recostó en el sillón.

Anna también tomó el cigarro entre sus labios y, al hacerlo, cerró los ojos y mantuvo la respiración como si estuviera debajo del agua. Aproveché para mirarla unos segundos. Se había desmaquillado y ni siquiera así pude ver sus ojos con precisión. Quizá no fuera sólo el delineador oscuro lo que los ocultaba. Parecía que se retranqueaban, como si entre los párpados hubiese una especie de cristal escarchado que no permitiese verlos con claridad.

Cuando el cigarro llegó a mí estaba casi sin brasa. Le di una calada por compromiso y lo devolví inmediatamente a Rick. Nunca he llegado a experimentar nada especial más allá de un pequeño mareo si aspiro demasiado humo. Y aborrezco la sensación seca y pastosa que la hierba deja en la boca. Volví a darle un trago al bourbon y noté el sabor a maíz directamente en la garganta.

Dominique me sirvió un poco más y se acercó al lugar donde estaban algunas de las máquinas de Rick. Se quedó unos segundos mirándolas y tomó una entre sus manos.

—¿Qué haces exactamente con ellas? —preguntó.

—Intento que funcionen de otro modo.

—Un reciclaje —añadió Dominique.

–En cierto modo. Un reciclaje de algo que sigue funcionando. Esas maquinitas de juego fueron sustituidas por otras mientras estaban en la flor de la vida. Han quedado obsoletas, pero todavía están llenas de sueños por cumplir

–Muy benjaminiano todo –dije con cierta ironía.

–Creo que Walter Benjamin es el marco teórico de todo lo que estamos haciendo aquí –contestó.

–Los caminos cortados del pasado, las energías revolucionarias de los objetos... –dije.

Asintió.

–Estoy de acuerdo, estoy de acuerdo –aclaré. Y, sin saber muy bien por qué, dejé caer–: ¿No habéis pensado que todo esto tiene cierto grado de fetichismo?

–¿Cómo?

–Que hay algo de fetiche en esta maquinita –continué.

–Puede ser, pero...

–Piénsalo bien, Rick. Vivimos seducidos por estos objetos del pasado igual que los arqueólogos por las piedras. Y ellos viven así porque creen que las piedras no son sólo piedras, sino algo más. Restos de historia. Eso es lo que decía Benjamin, ¿verdad? Huellas. Tocar las piedras es tocar el pasado.

–No sé dónde ves el problema –dijo Rick. Advertí cierta incomodidad en sus palabras.

Dominique dejó la máquina y se sentó de nuevo en el sillón, preparado para asistir a la discusión en primera fila.

–Una piedra es una piedra –dije–. Una máquina es una máquina. El problema es que en el objeto no hay nada. Nada.

Mientras decía todo esto sentía la mirada de Anna clavada en mi rostro. Guardaba silencio, pero claramente estaba molesta.

–Martín, no puedo creer que digas eso –comentó al

fin–. Ni siquiera tú estás de acuerdo contigo mismo. Seguro que no lo crees. Y si lo crees, no sé por qué has aceptado.

–¿Aceptar qué?

–Esto, venir aquí. Las películas. ¿Son un fetiche? ¿Y mis fotografías? ¿También? Fetiches del pasado. De acuerdo. Puede ser. Pero no me importa. Porque yo creo que ahí sí hay algo. Ahí está la historia.

–No –volví a la carga–. La historia es lo que inventas, lo que escribes, lo que sientes. Pero la historia no está ahí. Ahí no hay más que imágenes.

–Hay algo –dijo ahora en español–. Y sé que tú también puedes percibirlo. Allí está la historia, Martín.

Su respuesta sonó dura, grave, sobre todo mi nombre, que de repente se recubrió de un tono áspero y severo.

–Quizás –terminé.

Eso fue lo único que se me ocurrió para cerrar la conversación. Sabía que no había salida por ese lado. Así que dije «quizás» y me levanté del sofá mostrando mi descontento. Era consciente de que había sido demasiado duro. Anna me miró y no dijo nada más. Bebió un poco más de bourbon y se quedó con el vaso frente al rostro durante unos segundos, como si no pudiera dar crédito a lo que acababa de oír.

Yo me dirigí a donde estaban las maquinitas, tomé una en mis manos y comencé a trastearla. Llevaba pintadas en la pantalla unas líneas sobre las que aparecían formas digitales que se movían al apretar los botones. Era la prehistoria de las consolas de videojuegos. Esa noche, cuando la encendí y escuché el ritmo de la música, el ti-ti-ti, ti-ti-ti, ti-ti-ti del muñequito moviéndose de un lado a otro, volví a la infancia. Y recordé que así era como escenificaba mis enfados cuando era niño. Me apartaba, me

61

concentraba y me ponía a jugar a «la maquinita de los ca-breos» –así la llamaba mi madre–. Por un instante me vinieron a la cabeza todos los momentos en que me encerraba en el baño a jugar. Se me dormían las piernas y no me podía levantar hasta que acababa la partida. Porque aquellas partidas no se guardaban. Era todo o nada. No había pausa. Era necesario aguantar hasta el final. Y yo nunca conseguí acabar nada. La impaciencia me vencía.

Concentrado en la maquinita comencé a mover la nave espacial de un lado para otro, esquivando asteroides. Mientras lo hacía apenas presté atención a la conversación, que parecía haber virado hacia cuestiones más banales. De vez en cuando levantaba la mirada y podía ver la escena: Dominique se había sentado en una silla junto a Anna, y Rick, en su sillón, seguía fumando hierba con la mirada perdida en el techo.

En un momento dado, no recuerdo muy bien qué hora era, Anna comentó que estaba cansada.

–Nos vamos todos –dijo Dominique, tomándola por el hombro.

Rick me miró y dijo:

–Te puedes llevar... mi fetiche.

–No, gracias –dije. Y traté de excusarme como pude–: Perdonad mi impertinencia. Cuando intento hacer de abogado del diablo me meto demasiado en el papel.

–No te preocupes. *Lost in translation* –dijo, asumiendo que el idioma me había podido jugar una mala pasada.

Nos despedimos de Rick y salimos del apartamento. Anna se zafó con elegancia de Dominique.

–*Bonne nuit, mes amis* –dijo él. Y se adentró en los pasillos de la casa sin encender una sola luz, como quien transita por un lugar que ha habitado durante toda su vida.

Anna y yo nos quedamos un momento a solas. Subimos las escaleras el uno junto al otro. El crujido de los peldaños de madera hizo menos incómodo nuestro silencio.

Había dicho demasiadas cosas esa noche. Debería haberlas guardado para mí en lugar de discutir. Yo creí como ellos, me ilusioné como ellos, sentí como ellos. Pero eso fue hace mucho tiempo. Ahora tenía dos opciones: fingir ser quien ya no era o acabar de esta manera, expulsado de un modo de entender el mundo. Le daba vueltas a todo esto mientras tenía a Anna a unos metros de distancia y la observaba subir con delicadeza la escalera, casi ingrávida, hipnotizado por el modo en que su cuerpo pequeño y frágil se acercaba a la puerta de su apartamento.

–Buenas noches –dijo al entrar.

–Buenas noches –contesté. En ese momento no supe decir nada mejor para rebajar la tensión.

Cerré la puerta y me quedé un instante apoyado contra la pared. Pensé en el desencanto que había vislumbrado en sus ojos, en su indefensión, en su debilidad, en su vértigo momentáneo ante mi escepticismo. Y esa fragilidad me cautivó. No me preguntes por qué.

5

El vino, el bourbon y las cervezas se transformaron al día siguiente en cientos de alfileres clavándose en mis sienes. Era sábado y por primera vez tenía pensado quedarme en casa descansando. Sin embargo, la conversación de la noche anterior había despertado mi culpabilidad y decidí enfrentarme a las imágenes nada más levantarme.

Había pasado las primeras semanas describiendo las películas, viéndolas una y otra vez, esperando ingenuamente que hablasen por sí mismas, que se abrieran ante mí y me confesaran sus secretos. Pero nada de eso ocurrió. Estaba claro que no iba a encontrar nada preciso sobre ellas, pero me resistía a sentarme allí a describirlas y esperar que provocaran en mí algún tipo de reacción.

Fue en ese momento cuando emergió mi vena de historiador –lo que quedaba de ella– y decidí que lo que tenía que hacer, lo que podía hacer, lo que en el fondo sabía hacer, era intentar al menos contextualizarlas, ponerlas en un lugar, buscar referencias, semejanzas, analogías, relaciones, rodear el objeto de estudio. Además, en menos de un mes tenía que impartir mi conferencia en el Clark y ésa podría ser una forma de mostrar que había estado haciendo algo más que sentarme a mirar, pensar y esperar.

Es curioso, Sophie. Por un lado, estaba cansado de la disciplina académica, pero, por otro, no podía evitarla del todo. Es cierto que sentarme a escribir sobre las películas tratando de examinar mi relación con ellas parecía a priori lo más atractivo. Era lo que había estado buscando: un trabajo de escritor. A eso había venido, a intentar «crear» una historia. Y enfatizo «crear» porque ésa parecía ser la diferencia, la construcción de algo desde la nada, o desde una nada aparente. Por un lado estaba esto, sí. Pero por el otro no podía alejarme del todo de mi formación como historiador del arte. Era como una especie de virus latente que pretendía salir de nuevo a la superficie. Quería demostrar algo. Demostrar que a pesar de los fracasos aún subsistía allí algún resquicio de todas aquellas ilusiones que, años atrás, algunos habían puesto en mí.

Tenía a mi disposición la herramienta más potente, el arma más poderosa: la gran biblioteca del Clark, esa que tú me ayudaste a descubrir, esa en la que, tiempo después, no pude evitar recordarte.

Busqué en la sección de cine, en la de arte experimental, en la de videoarte e incluso en la de fotografía. Examiné durante días todos los libros y artículos que pudieran tener algo que ver con lo que mostraban las películas. Busqué exactamente como tú me enseñaste, con la misma rutina, con el mismo método, usando las herramientas digitales, las bases de datos, las referencias cruzadas, pero también empleando la intuición, explorando las estanterías, rastreando afinidades secretas entre los libros.

Cada vez que utilizaba el catálogo sentía tu presencia. No podía olvidar que tú misma habías creado esa ordenación particular. Temas, periodos, disciplinas, teorías pero

65

también lugares de encuentro y llamadas constantes entre libros. Cada catálogo, cada ordenación, condiciona la propia posibilidad de la investigación. Eso fue lo que me explicaste en privado cuando hablamos de Aby Warburg y su biblioteca. Recuerdo aquella conversación con nitidez: «Las bibliotecas determinan y modelan la cabeza de los investigadores. Su mente acaba convertida en un espejo de la biblioteca real.» La mía adquirió la forma de la biblioteca del Clark. Interioricé su estructura y al mismo tiempo creo que también te interioricé a ti. Quizá buena parte de lo que pasó después, todo lo que nos cambió, tuvo que ver con esa primera cercanía, con el modo en que te habías introducido dentro de mí antes siquiera de conocerte.

Doce años después, en este regreso, cuando volví a buscar en el catálogo, de nuevo te sentí. Me pareció que estabas allí, como las voces automatizadas de los aeropuertos, de las estaciones de tren o de los teléfonos, como un eco que pervive para siempre. Te veía en la ordenación, en la estructura, en la disposición de los libros, en el modo de solicitarlos; podía notarlo, Sophie. Cuando entraba en la aplicación informática y escribía cualquier término de búsqueda sentía que te lo estaba pidiendo directamente a ti. O quizá esto sea lo que siento ahora, lo que escribo que entonces sentía, porque probablemente en ese momento no era consciente de eso, al menos no del todo. Por supuesto, tú ya estabas ahí, habías vuelto de nuevo, pero permanecías aún en el interior, velada, oculta, latiendo a un nivel íntimo y profundo.

Durante esas semanas fui descubriendo algunas cosas que pensé que podría utilizar en mi conferencia. Lo más evidente era que las películas formaban parte de una tradición. Desde el día en que había visto las imágenes por primera vez no había podido evitar pensar en la película de Andy Warhol sobre el Empire State. La había explicado en clase, igual que *Sleep* –el plano fijo de un hombre durmiendo durante cinco horas y media– y que muchos de sus experimentos fílmicos que cuestionaban el modelo del cine comercial y querían mostrar el mundo real, la vida tal y como sucede, entera, sin cortes ni omisiones.

Eso fue lo primero que busqué en la biblioteca: libros sobre Warhol y el cine experimental. Las películas encontradas tenían mucho que ver con su modo de hacer: inmovilidad, plano fijo, abolición de la elipsis. También las fechas coincidían. *Sleep,* 1963. *Empire,* 1964. Igual que el formato: 16 mm. Warhol reflexionaba sobre el tiempo, como parecía suceder en las películas encontradas. Sin embargo, a él también le interesaba algo más: el aburrimiento y lo insignificante. En gran parte de sus películas una acción rutinaria determinaba la duración. Una tarea banal y cotidiana a la que habitualmente no prestamos atención. Eso es lo que sucedía con el hombre que duerme. Plano fijo, sin elipsis, hasta el final de la acción.

El caso del Empire State era algo diferente. La acción había desaparecido. Sólo estaba el edificio, y la cámara frente a él, dando cuenta de su expansión en el tiempo, convirtiendo la imagen-movimiento en algo semejante a una fotografía, igual que sucedía con la sombra sobre el muro. Sin embargo, las diferencias eran claras. La más evidente, el objeto: la ciudad, no el bosque; la modernidad frente a lo rural. Aunque lo que realmente llamaba la atención de *Empire* era su relación con el tiempo. La película, filmada a 24 fotogramas por segundo, debía proyectarse a una velocidad algo más lenta, a 16 fotogramas por segundo. Eso hacía que las seis horas de filmación acabasen convirtiéndose en ocho de proyección. Y, sobre todo, que el paso del tiempo real, en el que ya nada sucedía, se volviese aún más lento y estático, como si el anochecer se resistiese a llegar y, algo después, la noche jamás quisiera salir de la escena.

Empire, en cuya filmación también colaboró Jonas Mekas, es uno de los iconos del cine experimental. Yo sabía lo que había leído en los manuales de arte contemporáneo. Y esos días me di cuenta de que eso era apenas nada. Había creído que la diferencia fundamental entre la obra de Warhol y las películas encontradas, por encima de todas las demás, era la sombra, la presencia del autor en la imagen, y que de ninguna manera era posible que en el Empire State proyectara la sombra del autor. Sin embargo, estaba equivocado.

La película había sido filmada desde el interior de un edificio, a través de una ventana de cristal. Aunque el espectador cree que está viendo el Empire State directamente, lo que ve es un cristal transparente. Y sólo es consciente de eso en algunos momentos concretos, casi imperceptibles, en los que la luz de la habitación se enciende, seguramente para cambiar el rollo, y una ligera claridad ilumina la imagen. Esto lo leí en el libro de Callie Angell sobre los films de Warhol. Ella fue la primera en advertir –o al menos la primera en escribir– que, en un momento de la película, al final de la séptima bobina, precisamente cuando la habitación se ilumina y el cristal deja de ser totalmente transparente, aparece en la ventana el reflejo de Andy Warhol. Es un momento, apenas unos pocos fotogramas. Pero sucede. En esos breves segundos, el artista mancha la imagen; el creador se convierte en espectador. Y mira con nosotros.

Intenté buscar en internet las imágenes de la aparición y no encontré nada. En varios lugares incluso se dudaba

68

de su existencia. Eran muy pocos los que habían visto el film entero y menos aún los que se habían percatado de esa presencia casi espectral. Me tuve que conformar con la descripción de Angell e imaginar la silueta del artista flotando sobre el cielo de Nueva York: la peluca, el cuerpo cerrado, el jersey de cuello alto, el fantasma de Warhol irrumpiendo en la escena, transformando en espejo la pantalla transparente. Para Angell, esta aparición era clave para argumentar que la película no podía ser cortada; no valía tan sólo con haber visto un fragmento y captar la idea. *Empire* había sido concebida como una experiencia temporal y no servía contemplarla como un etcétera. Ocho horas o nada.

El tiempo expandido, el plano fijo y la sombra acercaban *Empire* a las películas encontradas. Eran contemporáneas en las fechas de realización, pero también en el modo de mirar y experimentar la realidad. Compartían una cierta visión del mundo. Ésa fue la conclusión a la que llegué después de darle varias vueltas al cine de Warhol: que había semejanzas, que era posible hallar un aire de familia entre sus películas y las encontradas por Anna Morelli. Sin embargo, tenía claro que en aquellas cinco películas se escondía algo más. Allí la sombra no era accidental. Pero, sobre todo, las películas no estaban solas. Formaban una serie a lo largo del tiempo: cada año, más o menos en el mismo mes, el mismo plano, la misma sombra, la misma duración. Y no se trataba de un lugar reconocible, como el Empire State, un icono del mundo moderno. Sino de un simple muro anónimo, desconocido, en un bosque cualquiera. Eso era al menos lo que yo pensaba entonces, cuando estaba seguro de que ninguna de aquellas piedras sobre las que se proyectaba la sombra tenía el menor significado.

6

Pasé varios días leyendo sobre el cine de Warhol. Me centré tanto en la investigación que llegué a olvidarme por completo de todo lo demás y a finales de la semana ni siquiera me quedaba café para preparar el desayuno. Tenía que comprar y necesitaba sacar dinero del cajero, pero sobre todo me hacía falta descansar.

El sábado en el que decidí por fin darme un pequeño respiro amaneció inexplicablemente cálido, sin apenas nubes en el cielo y con los caminos casi totalmente despejados de nieve. Salí por la puerta de atrás y, con cuidado de no resbalarme, bajé la pendiente que unía la casa de los becarios con el camino que conducía al pueblo. En poco más de diez minutos me planté en Spring Street, frente a la tienda del Williams College. Me había puesto, como siempre, más ropa de la cuenta y llegué medio sudado. La camiseta térmica me apretaba demasiado y tuve la tentación de quitármela. Sé que te hacía gracia ese modo mío de vestir, como si estuviese en el Polo Norte. La gente aquí no se abriga tanto, decías. Es cierto, pude comprobarlo después, pero aun así no podía evitar, como ahora, envolver mi cuerpo en varias capas de jerséis. Para mí, de algún modo, sí que era el Polo. No quiero imaginar lo que se te pasó por la cabeza cuando el primer día, al presentarme ante el resto de los becarios, dije que estaba contento de estar en Williamstown porque era la primera vez en mi vida que veía nevar y creía estar en una postal navideña. Supongo que te sonó extraño. Pero había algo de cierto en mi afirmación. En mi ciudad apenas llueve en todo el año y en menos de media hora uno está frente al mar. El frío y la nieve son para mí fenómenos exóticos, acontecimientos que significan estar lejos, postales de viaje.

El pueblo seguía igual, tal y como lo recordaba. Las casas de las fraternidades, el club latino, el gimnasio, el museo de la universidad, las iglesias, las bibliotecas, el estadio, las grandes instalaciones del Williams College. Todo permanecía en el mismo lugar. Por alguna razón, había imaginado que esto sería así. Donde suponía que iba a encontrar alguna transformación era en Spring Street. Supuse que en la calle «comercial» –si es que ese término realmente funcionaba allí– algo sí habría cambiado. Sin embargo, tampoco nada se había movido: el restaurante tailandés, el chino, el italiano, el pequeño cine, la oficina de correos, el banco, la tienda de licores, la pequeña librería, la tienda de ropa deportiva, la tienda de ropa cara, el anticuario, la tienda de postales, la extraña galería de arte, incluso la minúscula heladería del principio de la calle, que tenía en la puerta el cartel de su horario de apertura en mayo. Salvo dos nuevos negocios de comida rápida que no recordaba de la otra vez, nada había cambiado. Al menos en la superficie. Es posible que hubieran variado los dueños, los camareros, la decoración, los precios, los menús, los objetos..., pero aparentemente todo permanecía en el mismo lugar, como si el tiempo se hubiera estancado durante todos estos años.

Doce años no son demasiados, es cierto. Pero en cualquier ciudad europea las cosas cambian de la noche a la mañana. O incluso en cualquier pueblo. Sin embargo, allí –y supongo que esto debe de ocurrir en otros lugares vinculados a colleges o universidades– las cosas parecían eternas, inmóviles, ancladas en un pasado intemporal, en una especie de tiempo dilatado en el que se decidió que estaban bien de ese modo, que funcionaban, y que, por tanto, era así como debían permanecer. Quizá sea un modo de no alejarse nunca de la historia. No lo tengo demasiado claro. Lo único que sé es que en ese momento la eternidad me hizo bien y me sentí reconfortado por el espacio, como si volviese a un lugar familiar, a un vientre materno que me acogía. Tan sólo había vivido allí durante un año académico. Sin embargo, esa permanencia de las cosas, esa sensación de espacio sin tiempo, ralentizó mi caminar sin rumbo hacia delante y me hizo salir momentáneamente del presente superficial y sin sustancia que habitaba desde hacía algunos años.

No sé cómo explicártelo. Fue como si el cuello del reloj de arena comenzase a estrecharse, o como si la arena se hubiera hecho tan densa que le costase trabajo caer. Aquel reconocimiento del espacio como algo fijo e inmutable aquietó mi mente, hizo que mi cuerpo reposase y que ese tiempo que en los últimos años se había convertido en puro deslizamiento hacia delante –y que ya ni siquiera miraba hacia atrás para no llevar más carga en su desplazamiento– se hiciera lento y pausado. No se trataba de esa deflación y pérdida de sustancia de las cosas que había estado sintiendo durante los últimos meses. Era más bien un retranqueo, una pausa que, al menos por un momento, puso freno a esa sensación de desvanecimiento de la que creía no poder escapar.

Experimenté todo esto mientras paseaba por las calles desiertas, escuchando el eco de mis pisadas como si atravesara un pueblo fantasma. Esa impresión también la tuve la otra vez. Y me seguía llamando la atención. A pesar de estar supuestamente lleno de estudiantes, el pueblo parecía deshabitado. Ahora era invierno y hacía frío. Pero recuerdo que en primavera y en otoño todo continuaba igual de solitario. ¿Dónde están los estudiantes?, te pregunté una vez. ¿Dónde van a estar?, dijiste, estudiando. Te confieso que la respuesta me sorprendió. Yo tenía aún en la cabeza la imagen de las fiestas de las películas de universitarios y, en cierto modo, venía buscándolas, aunque fuera por simple curiosidad. Sin embargo, nunca supe dónde las hacían. Y, por supuesto, nunca estuve en ninguna. Eso no quiere decir que no las hubiera, claro, sino que yo no logré enterarme de nada. Quizá fuera porque en aquellos nueve meses nunca llegué a estar del todo en Williamstown y residía en mi propio mundo. Tú fuiste –ahora lo tengo claro– el único lugar de Estados Unidos que realmente habité.

Saqué dinero y me dispuse a hacer una pequeña compra con lo básico para la siguiente semana. Me alivió que el supermercado, al fin, tuviera servicio a domicilio. Afortunadamente, esto sí había cambiado. Aún me dolían los regresos a casa, cargado hasta arriba, con la compra en la mochila o con las bolsas de plástico clavándoseme en los dedos. Así que aproveché el servicio de reparto, introduje en la mochila lo justo para el almuerzo y pagué «un poco más» –bastante más que un poco– para que a finales de la tarde entregaran el resto de la compra en casa. Allí mismo pedí un capuchino para llevar y decidí regresar dando un rodeo por el camino más largo, atravesando Water Street y pasando junto al campo de golf, que, como todos los inviernos, se había convertido en una pista de esquí.

Nada más poner los pies en Water Street comencé a ser consciente de que no había escogido el camino al azar. Sabía claramente hacia dónde conducía. Recorrí la calle con la respiración entrecortada. Casi podía sentir mis pies caminando solos. Percibí una especie de distanciamiento entre mi mente y mi cuerpo, una desincronización. Por un lado, estaba el cuerpo, automatizado, caminando calle abajo; y por otro, la mente, obstinada, aceptando gradualmente lo que sucedía, reencontrándose con el verdadero sentido de esa elección a priori inconsciente.

Al pasar por delante de Linear Park sentí una ligera presión en el pecho. Dudé si continuar; volví incluso durante unos segundos sobre mis propios pasos. Pero al final decidí seguir adelante.

Dos manzanas más.

Cincuenta metros.

Y allí estaba.

La casa gris, el pequeño porche de columnas blancas, el jardín delantero ahora cubierto de nieve y el coche, aparcado con el morro sobre el primer escalón del portal. Un coche diferente de aquel Toyota rojo destartalado al que nunca llegué a subir. Pero estacionado de esa forma peculiar sobre la que tú siempre llamabas la atención. El gesto de un objeto repitiéndose a través del tiempo.

Volví a tomar el control de mi cuerpo y pude pararlo en seco. Me detuve un momento y tomé algo de aire. Y creo que fue en ese aire que respiré cuando entraste de nuevo en mí. Es así al menos como lo recuerdo. Casi puedo volver a sentir el instante. Pura fisicidad. El aire frío adentrándose en mis pulmones, y junto a él, el pasado. Fue en ese momento cuando todo comenzó poco a poco a emerger, como si en esa bocanada de aire también me hubiera tragado la historia.

Llegaste como una sensación corporal. Sentí, percibí, rocé el tiempo. Sin embargo, tu figura no apareció. En ese momento no le di demasiada importancia; lo que vino a mí fue una experiencia sensorial, no una visión. Fue un toque en el cuerpo, no una imagen. Un momento pasajero, un soplo de aire que me condujo a un tiempo diferente. No pretendí evocar tu rostro; simplemente pensé unos segundos en él y no lo encontré entre mis recuerdos; seguía difuso, oculto aún en la bruma de la memoria.

Esa mañana la puerta de entrada a la casa estaba entreabierta. Probablemente Francis estaba a punto de salir. Podía haberme acercado un poco más. Podría haber esperado allí para encontrarme con él. Pero continué la marcha, aceleré el paso y doblé sin pensarlo la siguiente esquina.

¿Por qué lo hice? ¿Por qué me fui de allí a toda prisa y evité algo que tarde o temprano tenía que suceder? No te sabría dar una respuesta. Quizá ya no era el mismo. Seguramente me había vuelto más cobarde. Y toda aquella valentía, todo aquello que me atreví a hacer la tarde en que me senté ante él, se había desvanecido.

Recuerdo a la perfección sus palabras y su tono agresivo:

—Entonces tú eres el que se folla a mi mujer. ¿Qué vienes, a pedir su mano?

Durante un momento no supe qué decir. Afortunadamente, todo se relajó y Francis mostró su cara amable. Había sido una broma, dijo. Lo comprendía todo.

—Pero al menos que te cueste algo de trabajo acostarte con ella, ¿no? —volvió a decir en tono provocador. Y luego rió. Una broma, de nuevo.

Nunca llegué a entender cómo funcionaba su ironía. Quizá fuese una cuestión lingüística. Aunque no sólo era el idioma; también el tono y la expresión de su rostro me mantenían en tensión en todo momento.

Aquella primera tarde frente a él fue difícil. Sabes que me resistí a comparecer hasta el último momento. Pero era necesario, decías. Había que hacerlo. Pedir permiso. Decirle que él siempre iba a ser el primero. Que yo no iba a arrebatarle nada. Más bien todo lo contrario.

Ese amor no restaba, repetías una y otra vez. Y yo te seguía, Sophie. Por eso también acepté volver allí con Lara. Tenemos que estar los cuatro, es necesario, dijiste. Aquel momento también fue incómodo. Ella aún no se había acostumbrado. Y la ironía de Francis no ayudó demasiado:

—Estos dos nos han contado un cuento. Quieren hincharse a follar y que encima nos parezca normal. ¿Cómo lo ves? Tendríamos que pagarles con la misma moneda. ¿Es que no te parezco atractivo?

Lara aún no estaba preparada. Y esa noche –durante un tiempo pensé que sólo fue esa noche– fingió.

—Martín, esto me supera –dijo al salir de allí. Y al llegar a casa lloró.

A pesar de todo, lo intentó. Y lo hizo fácil contigo. Igual que, a su modo, Francis lo hizo conmigo.

Tuvimos suerte, Sophie. Tuvimos mucha suerte. Yo la tuve. «Una entre un millón», decía Lara. «Como yo encuentras una entre un millón.» Y es posible que así fuera.

Una entre un millón de veces.

7

En el Clark continué el ritmo frenético de lecturas. No sabía exactamente lo que perseguía en los libros. Más que buscar, esperaba que algo me encontrase a mí. Al fin y al cabo eso es lo que hace uno cuando investiga: mirar, leer, avanzar de un lugar a otro esperando una señal. Me acordé de los días en que trabajaba en la tesis y volví a experimentar esa especie de mirada distraída que, en lugar de fijarse en las cosas, intenta abarcarlo todo esperando a que algo aparezca y señale el camino a seguir.

Con esos ojos abiertos, atentos y al mismo tiempo blandos –dispuestos a recibir la punzada del saber–, rastreé todos los documentos que pude localizar allí. Libros sobre cine experimental, sobre la entrada de las tecnologías del cine en los Estados Unidos, sobre las cámaras domésticas, sobre el cine amateur, sobre las performances visuales..., me volví a sumergir en el arte de finales de los cincuenta y principios de los sesenta, en fluxus, en la neovanguardia, en ese momento de efervescencia de la creatividad que dio origen a lo que después, filtrado por el museo y la institución, acabamos llamando arte contemporáneo. El mundo del arte se convirtió en aquellos años en un laboratorio de ideas, de formas de relación, de conceptos, de experiencias, de modos de vida.

Cuanto más leía más me fascinaba. Y fue en esa inmersión en la neovanguardia donde me topé con Jackson Mac Low y su película. Confieso que cuando leí la descripción de la obra me puse nervioso: un plano fijo, una toma única, un árbol en medio de un campo filmado hasta el final del rollo de película. Un paisaje en el que aparentemente nada sucede. Tan sólo el árbol y sus ramas movidas por el viento.

Me levanté de modo impulsivo de la silla. Respiré, di unos pasos alrededor de la mesa, me volví a sentar y continué leyendo.

Tree* Movie. La película había sido concebida por Jackson Mac Low en 1961 y supuestamente había influido en el cine estático de Andy Warhol, aunque él jamás lo había reconocido. Después de revisar varios artículos, logré encontrar el guión original, apenas un párrafo, más cercano a las instrucciones de una performance que a un guión de cine:

> *Seleccionar un *. Configurar y enfocar una cámara de cine para que el árbol llene la mayor parte de la imagen. Encender la cámara y dejarla inmóvil durante un número indeterminado de horas. Cuando la cámara esté a punto de quedarse sin película, sustituirla por una cámara con película nueva. Las dos cámaras se pueden alterar de esta manera todas las veces que se quiera. El equipo de grabación de sonido puede encenderse simultáneamente con las cámaras de cine. La película puede comenzar en cualquier momento, puede ser proyectada con cualquier duración.*
>
> *[* la palabra 'árbol', se puede sustituir por 'montaña', 'mar', 'flor', 'lago', etc.]*

El texto fue publicado por Mac Low en 1961 en el periódico *Fluxus ccV Tre*. Sin embargo, la película no se realizó hasta 1972. Y, en lugar de ser filmada con una cámara de cine, fue grabada en vídeo, aunque todavía en muchos libros aparecía catalogada como «película de 16 mm». A pesar de todo, las conexiones entre *Tree* Movie* y las películas encontradas eran evidentes. Casi parecía que el autor de las películas había seguido al pie de la letra las instrucciones de Mac Low. Incluso se me pasó por la cabeza la idea de que fueran obra del propio Mac Low, un artista que –lo admito– en ese momento apenas conocía. Había leído su nombre en alguna ocasión, me sonaba, sí, pero no llegaba a ubicarlo del todo. Se encontraba dentro de ese largo repertorio de artistas secundarios que salpica siempre la contextualización de los grandes nombres.

Sin embargo, en cuanto indagué un poco más sobre su trayectoria, pude comprobar que Mac Low no era ni mucho menos un desconocido. Poeta, compositor, dibujante, performer..., había sido una figura central del arte norteamericano de la neovanguardia. Hasta su muerte en 2004, había publicado más de veinte libros y algunas de sus obras se consideraban hitos del arte experimental. Sin su presencia no era posible entender del todo muchos de los movimientos que en los sesenta revolucionaron el mundo del arte. Su obra estuvo en la órbita de John Cage, La Monte Young o George Maciunas. Incluso llegó a realizar algunas acciones en el célebre loft de Yoko Ono.

Mac Low era una referencia inevitable para cualquier experto en arte contemporáneo. Y cuando fui consciente de mi ignorancia me sentí avergonzado. Aunque lo que realmente me abochornó fue descubrir que la película –esa que yo había creído descubrir en un libro excepcional en un sótano del Clark Institute– se exponía desde hacía varios años en el Museo Reina Sofía. Fue entonces cuando apreté con fuerza los dientes y casi araño la mesa. ¿Te lo puedes creer? ¿Cuánto tiempo hacía que no entraba yo al museo? ¿Dónde había estado metido todo ese tiempo?

Era un error tremendo que un especialista no se podía permitir de ninguna de las maneras. Sin embargo, Sophie, hacía mucho que yo había dejado de ser un especialista en algo. Hacía tiempo que no visitaba museos y que no leía prácticamente nada sobre arte más allá de los apuntes para preparar mis clases. Hacía tiempo que no era más que un impostor, un eco de algo que pudo ser y que seguía arrastrándose por un mundo al que ya no pertenecía, un zombi que se alimentaba de inercias y rutinas.

Me sentía ridículo, no lo voy a negar. Pero al mismo tiempo había comenzado a percibir esas semanas algo que, si no me llegaba a reconciliar del todo con lo que fui, al menos sí que me situaba en los alrededores de aquella pasión que un día creí sentir. Me aferré al recuerdo o a la intuición de que hubo un tiempo, una vez, en que todo aquello me importó. Y sentí cómo esa nostalgia comenzaba a poseerme; lo experimenté como un pequeño rumor, un ruido de fondo, casi inaudible, pero presente. Me agarré a eso. Y continué investigando algo más sobre Mac Low, intuyendo que, al hacerlo, estaba más cerca del autor de las películas, pero percibiendo también que de ese modo me acercaba algo más a mí mismo, a un yo sepultado y descartado que sentía latir a lo lejos.

La mayor parte del material que pude consultar sobre Mac Low se refería a su poesía y, en algún caso, a su música. Las referencias a *Tree* Movie* eran casi anecdóticas, como si la película hubiera sido una curiosidad más que otra cosa, una especie de experimento que, no obstante, enfatizaba algunos de los problemas centrales de su trabajo artístico y también de gran parte de la nueva vanguardia: el azar, lo contingente, la vida cotidiana o la idea de que el arte puede ser hecho por cualquiera.

Un objeto al azar, una duración al azar, un enfoque al azar. Casi todos los textos hablaban sobre esto. Pero muchos de ellos parecían obviar algo que a mí me parecía crucial desde el primer momento: el tiempo, el sentido de la experiencia temporal como algo que se extiende prácticamente hasta el infinito.

Tomar conciencia del tiempo, demorarlo, detenerlo, experimentarlo de modo sublime: era ahí donde estaba la clave de la película de Mac Low. Y ésa era también la clave –al menos así me lo parecía– de las películas encontradas. Imágenes que se expandían en el tiempo. Lo que se percibía delante de ellas era pura duración. No el tiempo detenido, como una fotografía, sino el tiempo dilatado, denso, lleno, latente. Estar frente a esas imágenes era estar frente a algo inmóvil y a la vez frente a algo que, en su inmovilidad, no dejaba de moverse.

Allí había una conexión, estaba claro. Pero, de nuevo, también una gran diferencia. Por supuesto: la sombra. En realidad, *Tree* Movie* era la filmación continua de algo, de una escena. Por muy experimental que fuese, era la cámara la que miraba. En las películas encontradas, por el contrario, había algo más. Un espectador, una mancha que eliminaba la idea del paisaje como ventana y que abría el espacio hacia el exterior. Igual que en *Las Meninas* o en algunos cuadros de Manet. La sombra era un espejo que remitía a un sujeto que estaba fuera de campo.

Éstas fueron algunas de las ideas que se me cruzaron por la cabeza esos días. Puse a trabajar mi parte más analítica. Y

81

confieso que disfruté. Porque mientras escribía y lo anotaba todo, mientras analizaba las imágenes, en definitiva, mientras «investigaba», volví a sentir que aún servía para esto.

Mi conferencia se acercaba y tenía que comenzar a plantearme cómo dar cuerpo a todo lo que había leído y pensado en las últimas semanas. Ya tendría tiempo después para evaluar qué hacer en el proyecto y cómo plantearlo. Después de darle varias vueltas, decidí que podría hablar del propio proceso de investigación: de cómo era imposible saber quién era el autor de las películas y, sin embargo, éstas parecían tener que ver con muchos de los avances del arte experimental de finales de los cincuenta y principios de los sesenta.

Intenté reconstruir –aunque fuese de modo precario– el marco de recepción y acción de las películas e inventé una historia para ellas. Una historia donde el autor funcionaba como un objeto fuera de campo, una especie de artista misterioso –una sombra– con un gran poder de influencia. Seguí el modelo de *El viaje de invierno,* el cuento de Perec que relata la fortuna de una obra secreta que habría sido la verdadera fuente de inspiración de toda la poesía francesa moderna. Una obra oculta y desaparecida que habría influido en todas las demás.

Quise jugar con el mito del origen y construir una conferencia no demasiado extensa –tenía cuarenta y cinco minutos– sobre cómo las películas encontradas y el artista anónimo se hallaban en el origen de gran parte de los desarrollos del arte contemporáneo. Una ficción que reconstruía una historia posible.

Lo que haría, en realidad, sería trabajar en torno a un vacío, especular con algo que podría ser o no ser. Crear una historia para aquello que no la tenía. Dar un relato a lo que se había perdido con el tiempo.

Confieso, Sophie, que escribí aquello sin demasiada convicción. Había llegado a esas conclusiones a través de la deducción teórica. Pero en el fondo sabía que aquello no era más que una impostura. Una ficción que no tenía la fuerza de lo posible. Era verosímil, inteligente, quizá incluso brillante. Pero le faltaba algo. Y no era «la verdad» –porque eso es lo único que estaba claro que no podría encontrar–. No, Sophie. Le faltaba yo. Lo supe después. Y le faltabas tú. Le faltábamos nosotros. Eso es lo que aún no tenía aquella historia sin nombre. La historia que estaba agazapada detrás de las imágenes.

8

Mientras preparaba la conferencia apenas tuve contacto con el resto de los becarios a excepción de Dominique. Coincidía con él algunas mañanas camino del Clark y ya no lograba despegarme de su lado hasta que entrábamos en la biblioteca. Me hablaba de sus investigaciones como si fuera lo único que le preocupaba en este mundo. Le habría gustado poder leer español, decía, para discutir mi libro sobre Benjamin y el arte contemporáneo. Su trabajo tenía muchos puntos de contacto con lo que supuestamente yo exponía allí y le gustaría mostrarme la obra de varios artistas belgas que con toda seguridad me iban a interesar.

Conversamos en varias ocasiones sobre la temporalidad. Nombramos a Didi-Huberman, a Mieke Bal, por supuesto, a Benjamin, hablamos del anacronismo, de la heterocronía o del modo en el que la reflexión sobre el tiempo se había convertido en una cuestión central para las humanidades. Dominique parecía haberlo leído casi todo. Era una fuente inagotable de referencias. Sin embargo mostraba siempre una especie de suficiencia que resultaba incómoda. Daba la impresión de haber llegado antes que nadie a todos los lugares, y parecía exponerlo todo de primera mano, como si los autores que mencionaba le hubiesen susurrado las tesis al oído.

–Ahora todos escriben sobre el anacronismo, pero yo llevo trabajando décadas sobre esa cuestión. Para muchos es una moda intelectual. En mi caso es un proyecto de vida.

Me recordaba a un profesor que también creía haberlo inventado y descubierto todo antes de tiempo. Aunque lo que más me cansaba de Dominique era que apenas escuchaba. Hacía lo imposible por ser correcto, por dejar hablar, pero yo tenía la sensación de que tan sólo era un ejercicio de cortesía, nada más. Había interiorizado algunos códigos de conducta y sociabilidad; de vez en cuando frenaba su discurso y me preguntaba «¿qué piensas?» o se interesaba por mi investigación con alguna interrogación concreta. Pero no era más que una excusa para volver a introducir en la conversación su trabajo, sus libros, sus congresos, sus viajes..., su inteligencia.

En el fondo Dominique hacía lo que muchas veces hacemos todos, lo único que sucedía es que a él se le notaba más. Y a mí me molestaba. Sobre todo porque me hacía parecer menos inteligente de lo que yo creía que era. Porque en la conversación él era el que sabía y yo el que atendía. Y aunque otras veces no me ha importado aparecer como secundario, en ese caso no me apetecía ser un mero oyente que asiente de vez en cuando y apenas puede apostillar con alguna frase de relleno una historia que está fuera de su control.

Sin embargo, por alguna razón que no acabo de entender, quizá porque yo ponía cara de interés, Dominique parecía sentirse a gusto conmigo. Y durante varios días insistió en tomar una cerveza para hablar con más calma de «nuestros comunes intereses». Demoré todo lo que pude ese encuentro, pero al final no hubo manera de escapar.

Fue entonces cuando pude saber algo más de su vida. Estaba divorciado de su primera mujer. Tenía dos hijos a los que apenas veía y ahora acababa de salir de una relación con una ex alumna que había durado menos de seis meses. Se había casado sólo una vez y decía que había sido un error.

—Estar soltero es la mejor forma de poder desnudar a la novia, incluso.

Entendí la alusión a Duchamp y sonreí. Me preguntó por mi vida y le dije que yo también había estado casado y que, aunque había terminado, de ningún modo había sido un error. No quise contarle mucho más. No le expliqué cómo había entendido yo el matrimonio, no le hablé de ti, de nosotros; no tenía ganas de confesarle lo que pensaba sobre el amor y las parejas. No era el momento. Sabes que a veces las cosas corren el riesgo de banalizarse. Y estaba convencido de que Dominique lo habría interpretado todo en la dirección equivocada.

—Siento admiración por la belleza —dijo.

Ése fue el comienzo de una conversación que acabó en el examen del físico de todas las empleadas del Clark. Se había fijado en todas, desde las bibliotecarias a las estudiantes de posgrado. Yo también, no lo niego. Pero él había creado su mapa de posibilidades. Un mapa en el que había lugares, como la hija de la camarera de la cafetería del museo, en los que ni siquiera yo había reparado.

—Hay auténticas preciosidades en este lugar.

—Las hay —concedí. Y no has visto a la más bella, me habría gustado añadir. Por un momento lo pensé. Y recordé que ese mapa de posibilidades también lo tracé yo la primera vez. Y que te incluí en él como un lugar inaccesible, casi mítico, como una especie de Atlántida que había sido puesta allí para mostrarme que había espacios a los que jamás podría llegar.

–Aunque quien verdaderamente me tienta –dijo– es Anna. Qué belleza más trágica y decadente, ¿verdad?

Asentí. Reconozco que Dominique en ocasiones sabía dar con la expresión precisa. «Belleza trágica y decadente.» No creo que hubiera mejor manera de describir el encanto de Anna. Después habló de su cuerpo delicado, de su apariencia aniñada y de su seguridad disfrazada de indefensión.

–Cómo me gustaría protegerla –comentó con ironía–. Aunque mucho me temo que el protector de esa pequeña eres tú.

–¿Yo?

–¡No me digas que no te has fijado! ¿Por qué piensas que estás aquí si no? Ella te mira de modo diferente. Hay algo ahí. Lo tuve claro el otro día. Te lo dice la voz de la experiencia.

Me resultó extraño que Dominique me hablase así. Comenzó a caerme mejor. Era la primera vez que parecía admitir su derrota. Aunque añadió:

–Si tú no la consigues, este caballero flamenco también sabe jugar sus cartas.

Brindamos y bebimos.

Sólo después, cuando regresé al apartamento, pensé con más detenimiento en lo que había dicho Dominique: que Anna me miraba de un modo diferente, que había algo ahí. Yo no era capaz de advertir nada de eso. Nunca he sabido entender las señales, Sophie. La hermenéutica de las emociones me parece una ciencia imposible. A ti tampoco supe interpretarte. Quizá por eso al final tuviste que darme los códigos y mostrarme la leyenda del mapa que no había sabido leer. Lo recuerdo como si fuera ayer:

–Martín, si he venido a tu casa esta noche es para que me folles. Lo sabes, ¿verdad?

87

Nadie me había hablado así hasta ese momento. Nadie me había hecho ver de modo tan evidente lo que había debajo del texto. Te contesté que sí, que por supuesto, que lo sabía, que estaba convencido. Aunque en el fondo, Sophie, yo no sabía nada. Y si tú hubieras decidido esperar, si hubieras aguardado a que yo te leyera, probablemente no habría sucedido nada. Habría permanecido sentado al piano, improvisando sobre los mismos cuatro acordes una y otra vez. Pero dije: Sí, lo sé. Y ya nada volvió a ser igual.

Después le he dado muchas vueltas. En aquel momento no pensé en nada, ni siquiera en Lara. No dije «sabes que estoy casado». Tú tampoco dijiste nada. Ya lo sabíamos todo antes de empezar. Esa noche todo fue puro presente. Sólo estábamos nosotros. El tiempo nos pertenecía. Al menos esa noche. Nos lanzamos sin paracaídas, sin saber si había suelo bajo nuestros pies.

–No hacer esto es más peligroso que hacerlo.

–Lo no hecho deja un hueco en el interior que acaba por devorarte.

Nos convencimos mutuamente. Era inevitable. No estábamos dispuestos a dejarlo pasar.

Preferimos jugar con fuego a dejar la brasa encendida para siempre. Y nuestras pieles ardieron.

9

–Yo conozco ese lugar. Es parte de nuestra historia. Allí murieron personas –dijo el hombre con gorra sentado en la tercera fila.

Sus palabras lo cambiaron todo.

Durante la conferencia no había reparado en su presencia. A pesar de que la sala estaba medio vacía, mi timidez me había tenido en todo momento con la vista clavada en los papeles y sólo me fijé en él cuando alzó la mano y su voz áspera rompió el silencio.

Me había alargado demasiado. La proyección de fragmentos de las películas había prolongado mi presentación más allá de los cuarenta y cinco minutos previstos, aunque la culpa de la demora la había tenido, una vez más, mi pésimo inglés, que a mitad de la conferencia comenzó a desestructurarse y me obligó a ralentizar el discurso para que al menos pudieran entenderse las ideas principales.

La primera parte fue bien. Le había dado tantas vueltas al principio que prácticamente había memorizado la pronunciación de cada frase. Me presenté y puse en perspectiva la reflexión que iba a llevar a cabo. Expliqué que antes había venido al Clark como historiador del arte y ahora lo hacía como escritor. Y que lo que llevaba a cabo en este momento era totalmente diferente de lo que había hecho doce años atrás. La primera vez partía de verdades. Lo que intentaba hacer ahora, en cambio, era pura especulación: «Ficción teórica, historia del arte especulativa», dije.

Empecé mostrando unos minutos de las películas encontradas. Sin el sonido del proyector, las imágenes volvían a parecer fotogramas inmóviles. Aun así, el misterio que las envolvía contribuyó a crear un clima propicio para el relato que quería construir. Y a partir de ahí comencé a desarrollar la intervención, contando, como había pensado, una historia inspirada en *El viaje de invierno* y en la ficción de un origen velado, especulando con la posibilidad de encontrar un punto de inicio, una causa imaginaria para todos los cambios sin precedentes que tuvieron lugar en el arte de los sesenta.

En realidad, lo que hice durante la hora que precedió al comentario del hombre de la gorra fue construir una historia absurda y alternativa del arte experimental que pasara directamente por las películas encontradas. Desarrollé, por ejemplo, la importancia del tiempo y la duración en la obra de Warhol y Mac Low. O la idea de la mancha en el espacio visual –la sombra– en el trabajo de Michael Snow o Dan Graham. E incluso fantaseé con la idea de que algunas teorías filosóficas de los sesenta tuvieran también relación directa con las sombras. Es lo que sucedía, por ejemplo, con la teoría de la mirada de Jacques Lacan, que aludía a la presencia del sujeto dentro del campo de visión. El descubrimiento de las películas habría condicionado su famoso seminario de 1964, *Los cuatro conceptos fundamentales del psicoanálisis,* y estaría en la base de su tesis sobre la mirada, que argumenta que siempre estamos dentro de la imagen, y que aquello que vemos, en el fondo, es también lo que nos mira.

A pesar del inglés, creo que estuve relativamente lúcido. Pero era consciente de que todo aquello era demasiado cerebral, excesivamente teorizado. Un juego especulativo sin alma. Es probable que eso fuera también lo que pasaba por la cabeza de Anna, lo que yo no sabía leer en su rostro las pocas veces que despegaba los ojos de los papeles y me atrevía a mirarla. Aunque no había hablado con ella desde nuestro desencuentro en la cena, en mi cabeza aún resonaban las palabras de Dominique. Y esa tarde buscaba en sus ojos un signo de complicidad que no pude encontrar en ningún momento. Sólo recuerdo el ceño fruncido y los brazos cruzados, como si toda aquella historia inventada –historia desalmada– no tuviera nada que ver con lo que ella había imaginado que yo iba a ser capaz de construir.

Acabé la conferencia volviendo a proyectar unos minutos de una de las películas, la última, de 1963. Advertí al público que entre la primera y la última proyección habían pasado cuatro años, y que, aunque muchas cosas habrían cambiado, en apariencia todo seguía en el mismo lugar:

–Todo se mueve sin cesar en su aparente no moverse; todo se resiste a dejar su lugar en su irrefrenable camino a cualquier otra parte.

Tras decir esto, miré al auditorio y acabé con una frase que, una vez más, pretendía evocar a Benjamin:

–La sombra es el origen, pero un origen torbellino, un origen abismo, un origen huella, que reverbera en el tiempo y se desvanece para todo el que no se vea aludido por su presencia.

El aplauso fue contenido, intuí que sincero, pero no demasiado efusivo. Miré a la sala de conferencias y reconocí a Francis, al final, en el mismo lugar en el que siempre solía sentarse. Nos sostuvimos la mirada durante unos segundos. Tenía claro que tras la conferencia hablaría con él. Necesitaba hacerlo. Lo estaba demorando demasiado y había algo dentro de mí que no aguantaba más ese aplazamiento. Pero esa tarde no pudo ser, Sophie. El hombre de la gorra tuvo la culpa. La culpa de todo lo demás.

Levantó el brazo incluso antes de que Norman Jones abriera el turno de preguntas. Y antes de tener el micrófono en la mano comenzó a decir:

–Yo conozco ese lugar. Es parte de nuestra historia. Allí murieron personas.

El tono ronco de su voz y un marcado acento sureño dificultaron mi comprensión. Parecía que las palabras se quedaban en el interior de su boca y no vibraban en el aire.

–¿Cómo? –pregunté intentando también agudizar la mirada para poner rostro al propietario de la voz. La visera de la gorra ensombrecía su cara y no pude verlo con claridad.

–El lugar –dijo, mientras le acercaban el micrófono–. El lugar de la película que ha mostrado. Los restos de Folck's Mill, en Cumberland, en el estado de Maryland. El lugar existe.

Todo el auditorio se volvió hacia el hombre. Con unas palabras había desmontado todo lo que yo había dicho sobre la imposibilidad de encontrar un origen.

–Una pequeña batalla que a veces ni aparece en los libros de historia. Sólo nos interesa a los historiadores. La batalla de Folck's Mill. El muro de las imágenes me recuerda lo que quedó de aquel pequeño pueblo tras la Guerra Civil.

Tardé un tiempo en entender lo que había dicho. Me quedé sin argumentos para responder. Apenas podía agradecerle su comentario y esperar a hablar con él. Después de su intervención, poco más tenía sentido. La realidad, una mínima y posible realidad, había hecho trizas toda la construcción especulativa que había montado durante la conferencia. Esto fue tan evidente que nadie más se atrevió a intervenir. A partir de ese momento el juego de las preguntas y las respuestas no servía ya para nada.

Aun así, seguramente para no dejar la intervención del hombre en lo anecdótico, y quizá también para mostrar su erudición, Norman Jones reflexionó sobre la metodología que yo había empleado en mi discurso. Tenía algo, dijo, de la antropología surrealista. Eso era lo que hacían también algunos artistas contemporáneos, que construían historias a través de lo especulativo. Le di la razón y dije que sí, que había allí una parte creativa esencial, que la creatividad sustituía a la verdad y que eso sólo era posible gracias a la puesta en cuestión de la certidumbre. Aunque –reflexioné en voz alta– la mera posibilidad de que existiera una realidad para la ficción que había relatado –la realidad a la que apuntaba el comentario del hombre de la gorra– volvía mucho más problemática una aproximación como la mía.

Respondí como pude. Si te soy sincero, Sophie, lo que estaba deseando era hablar con aquel tipo extraño. Y eso fue lo primero que hice en cuanto terminó el turno de preguntas y el público fue invitado al refrigerio en el exterior del auditorio. No tuve que esperar mucho; nada más bajar del estrado, el hombre se acercó y me tendió la mano:

–Jim Morley, profesor de Historia Americana en el Williams College. Ha sido un placer escucharle.

No pude evitar prestar atención a su indumentaria extravagante. La gorra de béisbol azul con la visera raída que había visto en la distancia era el complemento insólito de un traje de chaqueta gris, un jersey de cuello alto rojo y unas botas de trekking de piel marrón. Jim Morley parecía el ejemplo más logrado de ese curioso modo de vestir tan americano en el que nada pega con nada.

–Interesante todo lo que ha planteado sobre la historia especulativa –dijo–. Espero que no se haya molestado con mi intervención. –Negué con la cabeza. Y continuó–: Desde que he visto la primera imagen algo se ha movido en mí. He pensado: yo conozco ese lugar. Y he estado toda la conferencia intentando recordar dónde había visto antes ese muro.

Mientras lo escuchaba con atención, intentando no perderme en su lenguaje, noté la respiración de Anna detrás de nosotros. Los presenté y le expliqué al profesor que ella era quien había encontrado las películas y también la responsable última de que yo estuviera en el Clark, obsesionado con las imágenes.

El hombre repitió a Anna lo que me acababa de decir y remarcó el hecho de que había estado dándole vueltas a la cabeza durante toda la charla para encontrar el recuerdo. Y que al final había aparecido: las ruinas de Folck's Mill.

–Las imágenes de la infancia nunca se borran –dijo–. Aunque ahora ya no se sigue esa tradición, hace unas décadas los colegios tenían la sana costumbre de llevar a los estudiantes a conocer la historia de este país. Fue en uno de estos viajes donde escuché por primera vez hablar de la destrucción de Folck's Mill. Aquellos restos se grabaron en mi memoria. Allí había existido un pueblo y el pueblo ya no estaba, y todo aquello había sucedido cuando aún no existían bombas ni aviones, sólo la pólvora y la fuerza sanguinaria de los hombres... –Hizo una pausa–. Una herida mínima, nada comparable a las grandes destrucciones del siglo XX, claro, pero estaba aquí, cerca, en este país

94

sin historia. Al ver el muro esta tarde, todo ha vuelto de pronto.

Anna y yo nos miramos sin saber muy bien cómo actuar ni qué decir. Fue la primera vez que sentí cierta complicidad con ella, aunque fuese la complicidad del asombro por lo que acabábamos de escuchar.

Tomé un bolígrafo y uno de los folios de la conferencia y le pregunté si podía deletrearme esos nombres. Había seguido, no sin cierta dificultad, su historia, pero los lugares que había mencionado no había conseguido entenderlos del todo.

–F-o-l-c-k-'s M-i-l-l –dijo demorándose en cada letra–. Pero no se preocupe. Le enviaré todos los datos si me da un e-mail. Además, ahora no quiero entretenerle más; es el día de su intervención y seguro que el público quiere felicitarle.

Intercambiamos las tarjetas y nos prometimos seguir en contacto. Anna continuó en silencio, espectadora muda de la conversación. Antes de que pudiera cruzar una palabra con ella para comentar la nueva situación, comenzaron a acercarse los miembros de la comunidad académica:

–Tremendo material. Qué potencia.

–Son conmovedoras.

–Hipnótica sombra. Un enigma fascinante.

La mayoría del público aludía más al asunto de fondo que a la forma que yo había imprimido a la narración. A nadie parecía interesarle esa pseudohistoria que había contado. Era como si el material, las películas, el objeto de estudio, fuese mucho más poderoso que la manera que yo había tenido de abordarlo.

La única que no dijo nada fue Anna, que seguía cerca de mí, con una copa de vino blanco en la mano y la mirada perdida. Quise pensar que la posibilidad de encontrar una pista sobre las películas la había dejado sin palabras. Aunque también se cruzó por mi cabeza la idea de que simplemente no le había atraído mi intervención y consideraba que era mejor no decir nada, mejor guardar silencio que fingir aprobación.

Rick y Dominique se acercaron pasados unos minutos. Los había visto hablar a lo lejos al acabar la conferencia. Dominique me felicitó por la originalidad de mi exposición y sin darme tiempo a contestar dijo:

–Llevamos aquí encerrados dos meses. La nieve ha desaparecido de las carreteras. Cumberland no está demasiado lejos. Rick tiene coche. No sería la peor idea del mundo hacer un pequeño viaje.

–Podríamos salir un fin de semana –añadió Rick–. Seis o siete horas. Dormiríamos el sábado en algún motel y el domingo por la noche estaríamos de vuelta para seguir trabajando el lunes.

Me agradó la idea. No sé por qué. En ese momento quería ver el muro, saber si realmente existía. Aunque eso no sirviera de mucho.

–Seguro que nuestro director estaría encantado –dijo Dominique–. Comunidad intelectual en movimiento. No se puede pedir más.

–¿Qué decís? –preguntó Rick, mirando ahora hacia Anna, que seguía inmóvil, concentrada en sus pensamientos, pura interioridad–. No lo penséis demasiado.

–Por mí, encantado –dije.

–De acuerdo –concedió ella al fin.

En su rostro entreví una emoción confusa, una lucha de tensiones interiores, como si se resistiera y al mismo tiempo lo estuviera deseando, o como si su deseo estuviera velado por algún tipo de temor cuyo origen en ese momento yo no podía conocer.

III. Un cúmulo de ruinas

El ángel quisiera detenerse, despertar a los muertos y recomponer lo destruido. Pero un huracán sopla desde el paraíso y se arremolina en sus alas, y es tan fuerte que el ángel ya no puede plegarlas. Este huracán lo arrastra irresistiblemente hacia el futuro, al cual vuelve la espalda, mientras el cúmulo de ruinas crece ante él hasta el cielo.

WALTER BENJAMIN

1

El profesor de historia cumplió su promesa y antes de dos días tenía en mi correo la localización del lugar y una serie de links con información sobre la batalla de Cumberland. Adjuntó también un pequeño artículo que había escrito sobre la Guerra Civil norteamericana: «Past is Here: Open Memory». Lo leí con curiosidad; mis conocimientos sobre esa guerra se reducían a dos o tres imágenes de *Norte y Sur* y varias películas sobre la esclavitud. La Guerra Civil que yo conocía era la española, menos elegante y glamurosa, llena de barro y latas de sardinas aún rebosantes de aceite. No podía suponer que vuestras cicatrices también continuasen sangrando.

Sin embargo, el artículo de Jim Morley enfatizaba precisamente eso, que la guerra era una herida abierta que aún no había cauterizado. La historia, eso de lo que supuestamente carece Estados Unidos –el tópico que no cesamos de repetir los europeos, tan cargados de pasado–, parecía haber actuado demasiado rápido sobre los traumas recientes y los había cicatrizado sólo en la superficie. Las guerras no se curan nunca, aunque algunas parezcan sanar. Las ruinas «son ventanas abiertas al pasado», decía el artículo, «cuyo

99

aire no cesa de entrar en nuestro presente, una y otra vez». De nuevo, el espíritu de Benjamin. Tiempo, aire, pasado en el presente; las tesis sobre la historia me perseguían.

El texto de Morley no mencionaba la batalla de Cumberland, pero pude saber algo de ella siguiendo algunos de los links que incluía el e-mail. Se trataba de un combate menor que tuvo lugar el 1 de agosto de 1864 como parte de las Valley Campaigns. Las bajas apenas eran reseñables. Treinta y ocho muertos. Una cantidad casi anecdótica si no fuera porque treinta y ocho muertos son treinta y ocho personas. Lo único significativo de aquel enfrentamiento parecía ser la destrucción de Folck's Mill, un antiguo pueblo surgido en torno a un molino.

No busqué mucho más. Confieso que no me interesaba demasiado la batalla. Lo que sí quería encontrar cuanto antes era alguna foto del lugar. Morley estaba seguro de que el muro de las películas pertenecía a los restos de Folck's Mill, pero yo necesitaba comprobarlo antes de emprender el viaje. Y por las fotografías que fui localizando en internet el asunto no estaba tan claro.

El punto de vista de las imágenes era diferente y, aunque los árboles y el paisaje sí que parecían ser los mismos, lo que más se asemejaba al muro de las películas era una pared que formaba parte de una estructura mayor.

En una página web sobre arqueología a la que llegué saltando de link en link pude ver por fin algunas imágenes que mostraban un encuadre más cercano al de la película. Allí el muro casi se veía de frente. Y parecía, en efecto, que lo que yo había pensado que era simplemente una pared aislada, era uno de los muros de carga sobre los que se había elevado un inmueble ahora arruinado. En esa misma web pude encontrar alguna fotografía de mediados del siglo XIX en la que se veía el edificio al que pertenecía el muro, probablemente el molino que daba nombre al lugar: una estructura de ladrillo elevada sobre unos muros de piedra que bordeaban la entrada de un riachuelo del que seguramente provendría la fuerza de trabajo del molino.

Era una foto precaria a través de la cual difícilmente podría reconstruirse nada. Una imagen tan frágil como los propios restos del edificio. Pensé que esa documentación estaba allí casi por casualidad. La fotografía se había generalizado en los años previos a aquella guerra. Antes de ese momento, sólo la pintura daba cuenta de lo que había en un lugar en el tiempo previo a la destrucción. Ahora quedaban las fotografías, pero por muy poco. Si el edificio había sido asolado en 1864 y la fotografía se había popularizado en los años cuarenta de ese siglo, probablemente alguien había fotografiado la escena fascinado por la nueva técnica, sin saber que en realidad estaba proporcionando una imagen de duelo, una última imagen antes de que todo desapareciera para siempre. Me resultó curioso pensar que aquella imagen era al mismo tiempo principio y fin, apertura y clausura. Toda la ingenuidad de los inicios de una técnica y, a la vez, toda la capacidad de preservación de sus imágenes. Pensé también, al ver la foto, y al leer que la batalla dejó treinta y ocho bajas, que quizá aquellas personas habían sido fotografiadas y les había llegado la oportunidad, como al edificio, de tener una última imagen por primera vez.

A lo largo de la semana leí algo más sobre esa guerra. Intenté comprender una confrontación que para mí era absolutamente extraña y lejana. Parece que las guerras civiles sólo afectan si uno es hermano, hijo o nieto de las víctimas o los verdugos. Pero no si uno es un extranjero. En ese caso duelen menos. Son guerras de una sangre a la que uno no pertenece.

En esos días también reflexioné sobre la relación entre los restos y las películas. La sombra cambió inmediatamente de significado. Adquirió una multiplicidad de sentidos posibles. A todo lo que yo ya había especulado se añadía ahora una dimensión más, un universo de posibilidades. Sombra de muerte, sombra de duelo, sombra de batalla.

102

A finales de semana envié la localización a Rick y nos pusimos de acuerdo para viajar el sábado siguiente, a mediados de abril. Dominique se encargó de hacer las reservas en un motel de carretera.

–Pernoctaremos como auténticos americanos –dijo. Parecía el más ilusionado de todos con la *road movie*.

El viaje duró algo más de siete horas. Aunque Rick insistió en que eso no era nada, siete horas de coche me seguían pareciendo una barbaridad. Lo sé, Sophie, aquí las cosas son diferentes y hay que mirar con otra perspectiva; es un país a lo grande, te gustaba recordármelo cuando me quejaba de las distancias. Siete horas no son nada. Pero a mí se me hicieron eternas.

Miraba a Rick conducir el coche y me venían a la memoria las imágenes de la primera vez que me puse al volante en Estados Unidos. Fue con Lara. Aquella tarde la viste, cuando recogimos en tu casa las llaves del coche alquilado. Ella me preguntó por ti –«¿Quién es esa amiga que ha hecho todas las gestiones? ¿Cómo la has conocido? ¿A qué se dedica? ¿Está casada?»–. Y yo no supe qué decirle. Todavía era demasiado pronto. Además, era *su* tiempo, tú lo dijiste. Aquellos días en coche eran para ella. Y aún no había llegado el momento de decir nada. Habría sido demasiado brusco. Aunque al final acabé contándolo. Después de unos días. Después de buscar la manera de hacerlo, el modo en que ella pudiera comprenderlo.

Esa noche también fui valiente, Sophie. Casi tanto como la tarde en que me senté ante Francis. Esa noche fue todo o nada. Una ruleta rusa. El primer disparo fue contar lo nuestro. Las noches y los días. Ahí ya había mucho en juego. Y ella se derrumbó. El segundo disparo fue con todas las balas. Le dije que no estaba dispuesto a dejarlo, que no podía, que hacerlo sería peor que continuar.

Yo necesitaba a Lara. La amaba por encima de todo lo demás. Pero no podía perderte a ti. No quería sólo una parte de esto. Pero todo no era posible. Existía el perdón, existía la elección. Tú, ella o ninguna. Pero nunca las dos. Nunca todo. Eso era lo único imposible, lo único que no nos habíamos permitido pensar. Nunca. Hasta ese momento.

Jugué a la ruleta rusa. Lara estaba en su derecho de romper conmigo en cualquiera de los dos disparos. Pero se mostró dispuesta a escuchar. A pesar de todo. Y le expliqué que había otra opción, que podíamos probar, que era mejor eso que romperlo todo en pedazos.

Hablamos noche tras noche. Durante horas. Hasta el amanecer. No fue fácil. Nada fácil. Desarrollé en ese tiempo un discurso sobre el amor. Interioricé todo lo que ponía en los libros que me dejaste. Todo menos el término «poliamor», que nunca llegó a gustarme. Hice mías las palabras, las razones y los argumentos. Nadie pertenece a nadie. Amar es sumar, no restar. Somos seres plenos que decidimos compartir nuestro amor con los otros. El vacío, la búsqueda en el otro de aquello que supuestamente no poseemos, es el cáncer de Occidente. Hay otras maneras de entender el amor.

Tú y Francis lo teníais más asumido. Es cierto que para vosotros también era la primera vez, pero al menos lo habíais barajado en alguna ocasión. Yo no sabía que estaba preparado hasta que estuve frente a la situación. Nunca se me había pasado por la cabeza hasta ese momento. Hasta que sentí que podía amaros a las dos, que era posible, que no había nada en mi interior, ningún imperativo moral, que dijese lo contrario. Lo percibí así. Y también llegué a esa conclusión racionalmente. Porque creo que al final ganó la razón. En esas noches de equilibrio en el alambre, los argumentos estaban de mi parte. Amor que suma, amor más allá de la propiedad privada, amor como algo que es plenitud y no falta, amor que no resta, que se da, que se ofrece, amor como un regalo. A veces parecía que estábamos en una conferencia filosófica. Recuerdo las noches en la cama: Lara con su cuaderno y yo con el mío. Argumentos y contraargumentos. La razón decía siempre que sí. La emoción era una pequeña mancha; algo que no se podía quitar de en medio, por muy racionales que fuéramos. Pero somos seres civilizados, decía yo. Hemos dejado atrás a los primates, a la emoción pura. Las explicaciones se contradecían. A veces: como civilizados ya no debemos estar sujetos a emociones primarias como los celos. Otras: es la cultura la que no nos deja satisfacer nuestra naturaleza. Íbamos y veníamos entre civilización y biología, sin saber muy bien dónde frenarnos. Yo conducía la situación. Lara asentía. A veces matizaba. Entendía todos mis argumentos. Pero siempre había una vuelta, un pero, una adversativa emocional que lo iniciaba todo de nuevo.

Fue un proceso largo. Llevó su tiempo. Días, noches, semanas, meses. Incluso después de ti. Nunca se acabó de redefinir. Estaba siempre en el borde del sí, pero también en el abismo del no. Cada vez, después de cada nueva relación, era necesario hablarlo, matizarlo, volver a poner las cartas sobre la mesa.

Llevó su tiempo, es cierto, desde luego mucho más que las siete horas de viaje en coche que, en el fondo, no fueron más que un instante fugaz en este hermoso y descomunal país.

Rick conducía con suavidad, sin prisa, como si en vez de viajar hacia un lugar concreto fuésemos vagando sin rumbo por la carretera. No se conduce así en ninguna otra parte del mundo. Rick conducía el coche, pero quien realmente conducía la situación era Dominique, sentado a su lado, que no cesó de preguntarnos durante todo el viaje. Primero creí que se trataba de una estrategia para mantenernos despiertos, pero luego me di cuenta de que realmente estaba interesado en conocer lo máximo posible sobre todos nosotros.

Gracias a sus preguntas pude saber algo más de Rick. Provenía de una familia humilde de un pequeño pueblo cerca de Detroit. Sus padres habían sido ambos maestros en una escuela del pueblo y desde la infancia lo habían dirigido hacia la ciencia.

—Hice ingeniería casi sin despeinarme —dijo con la mirada fija en la carretera—. Podría haberme ganado la vida con eso sin ningún problema. Pero todo era demasiado frío, sin alma. Una noche llegué a casa y vi allí los juguetes de mi niñez. Los observé inmóviles sobre las estanterías, esperando algo, como si guardasen en su interior pequeñas memorias. Aunque os suene loco —dijo mirándome durante un segundo a través del retrovisor—, imaginé que todas aquellas máquinas estaban deprimidas. Ya no podían decir nada más. Y me obsesioné con la idea de intentar hacerlas hablar de nuevo. Y así hasta ahora: un ingeniero reconvertido en algo que no sé muy bien lo que es, pero que me da la vida.

Mientras Rick hablaba, Anna seguía en silencio. Parecía habitar un espacio diferente. Su mirada estaba allí, pero ella no. Era una especie de presencia ausente. En más de una ocasión tuve que girar la cabeza hacia ella para cerciorarme de que aún seguía con nosotros. Sólo mudó el rostro mínimamente cuando Dominique preguntó a Rick por las mujeres.

–Algo tuve. Pero ya no queda nada. No fue fácil.

Miró por el retrovisor hacia Anna. Apenas unos segundos de contacto visual bastaron para sugerir que aquello había sido ese algo difícil del que ya nada quedaba. El contacto leve entre las dos miradas dijo mucho más de lo que yo podía saber entonces.

Dominique continuó el interrogatorio conmigo. Desde nuestra última conversación, decía, le había estado dando vueltas a la misma cosa: cómo era posible que yo hubiera acabado como narrador y quisiera abandonar para siempre la vida universitaria. Le conté el mismo discurso de siempre: que me había aburrido de la Historia del Arte, que consideraba que la narrativa llegaba a lugares a los que el ensayo no podía y que estaba cansado del conocimiento académico. Solté todo esto de modo automático, repitiendo una fórmula que conocía de memoria pero que ya no significaba nada. Un discurso vacío que ni yo mismo creía.

Tras casi cuatro horas de viaje, hicimos una breve parada en un *diner* nada más entrar en el estado de Pennsylvania. Dominique comentó que parecíamos estar dentro de una película. El café aguado, los clientes del local, las mesas, el jukebox, las camareras con el delantal blanco sobre el vestido rosa..., todo era, en efecto, como en las películas. O al revés, las películas eran como la realidad. Nunca he tenido claro qué fue antes, si el cine o el mundo real.

Mientras tomábamos el café, me susurró:

–*Mon ami,* te has dado cuenta, ¿verdad? Como no te des prisa, éste también juega la partida.

107

Me lo dijo con gracia y cariño, e intuí que, de haber alguna partida real, a él, por alguna razón que no acertaba a comprender, le gustaría que yo fuese el ganador.

Cuando volvimos al coche, dejamos sonar la emisora country que Rick había sintonizado. Creo que incluso Dominique advirtió que ahora la música era la mejor compañera de viaje. Yo me concentré en el paisaje, en los bosques frondosos que ya comenzaban a verdear, en la potencia de la naturaleza norteamericana, y sentí por un momento que formaba parte de todo aquello.

Creo que estaba nervioso. Mucho más que la noche en que regresé a Williamstown. La posibilidad de encontrar el lugar de las imágenes me estremecía. Aunque fingiese para mí mismo una especie de apatía, en el fondo comenzaba a estar sobrecogido por la situación.

El tiempo se aceleró cuando en un cartel verde leí «Maryland Welcomes You. Allegany County» y oí las palabras de Rick:

—Ya casi estamos.

Anna dormía. La rocé suavemente y le indiqué que nos acercábamos a nuestro destino. Abrió los ojos y esbozó una leve sonrisa de agradecimiento. Se incorporó para mirar por la ventanilla como si fuera una niña inquieta. Aún no sabía interpretar a Anna, pero hay gestos inequívocos. Y estoy seguro de que en ese momento ella, sin duda alguna, estaba tan conmovida como yo por aquello que habíamos ido allí a buscar.

2

Aparcamos en una pequeña explanada junto a la señal del sitio histórico de Folck's Mill. Conscientes quizá de ser personajes secundarios de una experiencia que no les pertenecía del todo, Rick y Dominique se quedaron en el coche mientras Anna y yo nos adentrábamos en el bosque. No tuvimos que caminar demasiado. A unos quinientos metros de la explanada, nos topamos con la pequeña estructura de piedra a la que pertenecía el muro de las películas.

Agradecí haber relatado a Anna todo lo referente a Folck's Mill antes de emprender el viaje. Ahora me habría costado trabajo hablar y romper el silencio del bosque, superponer mi voz al martilleo rítmico de los pájaros carpinteros y profanar el eco extraño que envolvía el crujir de las ramas rotas estrujadas bajo nuestros pies.

Cuando llegamos a la altura de las ruinas comenzamos a girar inmediatamente a su alrededor. Ni siquiera nos detuvimos para contemplar con detenimiento las cuatro paredes y el pequeño arco de medio punto bajo el que se perdía lo que en origen debió de ser un riachuelo. Lo rodeamos todo en silencio como si estuviéramos ante una especie de Kaaba, hasta que Anna indicó:

–Aquí.

No tuvo que decir nada más. «Aquí» era el punto de vista, el lugar en el que el edificio, la ruina, el molino –si es que aquello era un molino– se convertía en el muro, nuestro muro, la pared filmada, la imagen que nos había obsesionado, la razón última de que estuviéramos «allí».

En ese mismo momento, el muro se emancipó de la estructura y se separó del edificio al que pertenecía. Me di cuenta en ese instante: en la imagen todo estaba de frente, era plano, casi como una pintura moderna, un plano pictórico que ocultaba la parte trasera. El muro de la película ocultaba la profundidad, escondía su pertenencia al edificio, era, bien pensado, una construcción imaginaria.

Por alguna razón, durante el tiempo que estuvimos allí no pensé en ningún momento en qué había sido previamente ese edificio ni en cómo lo habían destruido. No pensé en la Guerra Civil, ni en los muertos, ni en el pueblo, ni siquiera fui consciente de que estaba sobre una ruina de la historia. No, Sophie. Allí tan sólo pensé en el muro, en la sombra y en la película. Nos habíamos situado exactamente en el lugar de las imágenes, en la posición de la sombra. Ése era el verdadero significado del «aquí» que había pronunciado Anna.

A esa hora de la tarde el sol proyectaba nuestras sombras en la dirección contraria al muro. No le pregunté después –y podría haberlo hecho–, pero estoy seguro de que ella, como yo, también sintió la frustración de no poder emular por completo la imagen que ya habíamos hecho nuestra a base de verla cientos de veces.

Nos quedamos mirando durante un buen rato sin tener demasiado claro qué intentábamos ver allí. Después lo he pensado varias veces. Ahora, cuando escribo y cuento todo esto, creo que lo tengo más claro: contemplábamos un lugar que no estaba del todo allí. No veíamos el paisaje real, la belleza del bosque, los árboles espigados cuyas hojas aún no habían comenzado a crecer o la estructura de lo que en origen fue un molino; no veíamos el tocón casi enterrado a la derecha del muro, la huella de aquel árbol seco que había marcado el paso del tiempo; no mirábamos lo que debió de ser una puerta y en las películas había creído una apertura hacia el horizonte, casi un mirador a la manera de las estructuras de Land Art de Robert Morris o Michael Heizer. No. Ni siquiera veíamos el muro derruido y los restos de nieve en el suelo. Lo que observábamos era, más bien, un lugar a medio camino entre todo eso que teníamos delante de nuestros ojos y aquello que ya habíamos visto.

Era una experiencia de multiplicidad temporal, una heterocronía. Utilizo esta palabra porque es la que mejor define nuestra percepción en ese momento. Sé que te resultaba curioso que siempre buscase los términos más complejos para describir la realidad, incluso la nuestra. Recuerdo que reías cuando decía que nuestro sexo se debía a una pulsión deflacionaria, o cuando definí tu cama como un espacio de parresia emocional. Siempre me han gustado las palabras extrañas y académicas. Supongo que me siento cómodo con ellas. Es un modo como cualquier otro de habitar el lenguaje, una manera de describir y definir situaciones. A veces siento que al nombrar las cosas con su término exacto la realidad se vuelve más cercana, menos confusa. Eso es lo que sucede ahora cuando escribo «heterocronía» y siento que eso era justamente lo que ocurría allí, en el instante en que Anna y yo estábamos frente al paisaje y yo percibía claramente el cruce de tiempos. Una heterocronía. Allí estaba la imagen del ahora, el muro real, la imagen que nos hacía mirar; estaba también el

111

muro que podría haber visto la cámara, el muro de entonces, que aún permanecía; y estaba el recuerdo que nosotros teníamos de la película, el muro que habíamos visto.
Todos los tiempos estaban delante de nuestros ojos. Pero
sobre todo estaba aquello que no habíamos podido ver, lo
que permanecía siempre detrás, la sombra, el tiempo real
que el autor de las imágenes habría pasado detrás de la cámara, esperando, mirando, contemplando todo aquello
que ahora veíamos nosotros.

Mirábamos lo que ya había sido visto y estábamos al
mismo tiempo dentro y fuera, como si representáramos
algún tipo de performance histórica, volviendo a hacer lo
que ya fue hecho para comprenderlo mejor.

No recuerdo el tiempo que estuvimos allí. Veinte minutos, una hora, quizá toda la tarde. No miramos el reloj.
La escena –porque lo que allí estaba sucediendo no era
otra cosa que una escena– acabó cuando Dominique y
Rick irrumpieron en el plano.

–*Magique*, ¿eh?

Hay momentos en los que la intensidad debe ser rota
antes de que acabe convirtiéndose en hastío. Y quizá Dominique acababa de intuirlo. No le contestamos, pero ambos lo miramos agradecidos. No hacían falta más palabras,
al menos de momento.

Cuando regresamos al coche me di cuenta de que ninguno de nosotros había sacado una sola foto. Después lo
he pensado muchas veces. No quisimos profanar con nuevas imágenes algo que ya había sido una imagen, o quizá
intuimos que cualquiera de nuestras fotos posibles hubiera
podido arrebatar la «imaginabilidad» del lugar. El muro
ya tenía su imagen, intensa, verdadera, y cualquiera de nues-

tras fotos, pixeladas, digitales, precarias –incluso en alta resolución y precisas–, habría banalizado la realidad.

Por supuesto, estoy seguro de que en aquel momento a nadie se le pasó por la cabeza este pensamiento elaborado sobre lo que significaba tomar una imagen. Pero creo que, en el fondo, todos sentíamos eso. Las imágenes que queríamos ver ya las habíamos visto. Además, no habíamos viajado hasta allí para documentar nada. En realidad, no teníamos demasiado claro a qué habíamos ido. Quizá tan sólo a estar, a ser, a contemplar. A llevarnos con nosotros una experiencia. No una imagen.

Rick arrancó el coche y el sonido del motor sirvió para volver a la realidad. Fue entonces cuando Anna, casi susurrando, me dijo:

–Guarda esas imágenes en la retina, Martín. También nos pertenecen.

3

Paramos a cenar en un restaurante no demasiado alejado de las ruinas. Puccini, una especie de palacete con columnas que, como pude saber más tarde, había sido construido sobre un antiguo hospital militar. El pequeño hall de entrada casi parecía un museo. Las fotografías de clientes y celebraciones se mezclaban sin criterio con antiguas imágenes del pueblo, mapas de la Guerra Civil y recortes de periódico sobre las excavaciones en Folck's Mill. En una esquina había un pequeño mostrador donde se agolpaban pequeños llaveros, reproducciones de cañones de metal, soldaditos en miniatura e incluso algún que otro sombrero del ejército del Norte.

Estuvimos unos minutos observando las imágenes hasta que, por fin, una camarera alta y algo desgarbada pero con gesto simpático se acercó y nos preguntó si queríamos cenar o tomar una cerveza.

—Cenar —se apresuró a decir Dominique.

—¿Están interesados en la batalla? —preguntó dirigiendo su mirada hacia él mientras nos conducía hacia una mesa en el centro del salón, totalmente vacío.

Dominique asintió, con una sonrisa galante.

–¿Y son también arqueólogos?

–No exactamente –de nuevo, él.

–Es que a veces vienen en grupos. Aunque tampoco tantos, no se crea. –Esbozó una sonrisa tímida.

Sin dejarnos hablar, Dominique le contó la historia de las imágenes encontradas y le dijo que habíamos viajado hasta allí porque había «una película antigua» en la que aparecían las ruinas y nos resultaba interesante poder ver el lugar con nuestros propios ojos.

–¿Película antigua?

–Sí, de los años sesenta –contestó.

Yo seguía sorprendido por el modo en que nuestro compañero había tomado el protagonismo. Intuí que había algo en la camarera que le gustaba y quería seguir conduciendo la conversación.

–Yo casi no había nacido –dijo llevándose una mano a la mejilla–, aunque aparento menos. Pero no, de esa época no puedo contarles nada. Supongo que ya han hablado con el coronel.

–¿El coronel? –pregunté rompiendo la atmósfera de complicidad que parecía haberse formado entre ellos.

–¿No me digan que no han hablado con él? Entonces se han perdido la mitad de la atracción. Suele estar siempre en las ruinas. Es su guarda, dice. Es raro que no lo hayan visto. Por las mañanas no falla. Lo llaman coronel, aunque nadie sabe si de verdad lo fue.

Nos dijo, dirigiéndose siempre a Dominique, que el coronel vivía en el pueblo y estaba allí desde bien temprano, sentado junto a una mesa llena de papeles arrugados, y que se ofrecía para hablar de la batalla y las ruinas a todo el que se acercaba por allí.

–Cree que son suyas –añadió–. Me parece que está algo pasado de rosca, pero eso es cosa mía. ¿Por qué, si no,

115

alguien de esa edad se planta allí incluso aunque esté nevando para contar cosas que ya están en los libros?

Molly, así se llamaba, apenas nos dejó en toda la velada. Tan sólo se ausentó momentáneamente cuando comenzaron a llegar los demás clientes, que iba colocando estratégicamente alrededor de nuestra mesa, de manera que siempre tenía que pasar junto a nosotros. Dominique no paraba de darle conversación con modales elegantes. Lo vi pletórico. No podía estar más a gusto. En ese momento intuí que su felicidad tenía que ver con ser el centro de todo, pero no de un modo narcisista y agresivo. Necesitaba irradiar, habitar el mundo hacia fuera. Hay personas –he conocido a muchas– que necesitan de los otros para ser felices, que son dichosos en el exterior, a través del reconocimiento. Y Dominique era una de ellas. Aquella noche, sabiéndose el centro de la conversación, intuyendo que había conquistado o seducido, o al menos encantado, a Molly, se mostraba radiante y jubiloso. En el fondo no era más que un niño al que las cosas le habían salido bien.

Tras la cena, y antes de marcharnos del restaurante, sugirió un brindis porque el viaje había ido bien, porque habíamos llegado a las ruinas y porque nos habíamos encontrado.

–El mejor bourbon que nos puedas servir, Molly. Yo invito. Y, por favor, brinda con nosotros.

La camarera regresó con una botella de Buffalo Trace y unos pequeños vasos en una bandeja. Nos sirvió a todos y se sentó junto a Dominique con un gesto a medio camino entre la timidez y la seducción.

–Por... la memoria del mundo. –Alzó su vaso. Todos le seguimos y bebimos el bourbon de un trago.

–Ha merecido la pena, ¿verdad? –dijo Rick.

116

Asentimos. Miró hacia donde yo estaba como si esperara algo más que un movimiento del rostro.

–Claro –dije al fin–, claro que la ha merecido. Muchas gracias por habernos traído. Ha sido toda una experiencia. A todos los niveles.

–¿Lo ha sido? –volvió a inquirir Rick, esta vez mirando fijamente a Anna.

Ella asintió:

–Sí, una experiencia. Había que hacerlo. Era necesario.

Dijo esto sin demasiado entusiasmo. Su respuesta dejaba entrever una especie de decepción que yo no podía comprender.

Me quedé observándola unos segundos. Y no sé si por la cerveza anterior, por el calor del bourbon que me había bebido de un solo trago, o por el cansancio, me atreví a mirarla fijamente a los ojos. Con la luz parecían más pardos que verdes.

–Anna, hemos visto lo que vio la sombra –dije–. Hemos puesto nuestros ojos en el lugar de la imagen.

Conforme decía esto me acordé del pasaje de *La cámara lúcida,* de Roland Barthes. Y estuve a punto de citarlo, aunque preferí no hacerlo para no parecer más pedante de la cuenta. Me acordé de esa idea de la fotografía como huella con la que el escritor francés comienza el texto: «He visto los ojos que vieron al emperador.» Una frase que describía su experiencia al mirar la foto del hermano de Napoleón.

–Sí, lo sé. Lo hemos visto –dijo ella.

Sostuvimos nuestras miradas y nuestros ojos se quedaron allí durante unos segundos, clavados, fijos, detenidos, como si con nuestros propios gestos estuviéramos dando forma a lo que decían nuestras palabras. «Hemos visto la mirada», sugerían nuestros ojos momentáneamente anudados entre sí.

117

Después de unos instantes ella ladeó el rostro. Yo mismo me sorprendí de mi arrojo al aguantar tanto tiempo su mirada. Pero no era un acto de valentía. Por alguna razón extraña, no podía dejar de hacerlo. Creí percibir allí algo que me reclamaba, un espacio secreto que requería mi presencia, la llamada de un interior privado que se había abierto para mí. Eso pensé. Y más tarde tuve la oportunidad de comprobarlo.

4

–Es como los de las películas, veréis –dijo Dominique
poco antes de llegar al motel que había reservado en las
afueras de Cumberland. Y, en efecto, era como los de las
películas. No más de treinta habitaciones situadas en dos
plantas en torno a una especie de patio que también servía
de aparcamiento.

Después de hacer el check-in nos despedimos hasta el
día siguiente. Había sido un día largo y nadie quería tar-
dar demasiado en acostarse. Me aseé, me puse el pijama y
me acomodé sobre la cama para leer un poco antes de
dormir. Llevaba conmigo *On the Road*, que nunca había
logrado acabar. Por alguna razón, Kerouac siempre se me
había resistido. Y pensé que iba a encontrar pocos contex-
tos mejores para esa lectura que aquel motel de carretera,
con su cama pequeña cubierta con un edredón de flores,
su escritorio mínimo y raquítico junto a la ventana, su silla de madera para dejar la ropa y, por supuesto, su mesita
de noche baja sobre la que había una Biblia con tapas de
piel azul oscuro y letras doradas.

Cuando me recosté para leer, antes incluso de abrir el
libro, comencé a sentir un hormigueo en el cuerpo. Me

recordé a mí mismo los primeros días de mi beca en Williamstown, cuando me tendía sobre la cama después de llegar del Clark y pasaba un buen rato mirando al techo intentado asumir todas las cosas que me habían sucedido y para las que aún no estaba preparado. Eran momentos de una emoción desbordante que ahora, en el pequeño motel de Cumberland, comenzaba a volver. Mi nuca se erizó y un pequeño hormigueo me recorrió las piernas y las caderas hacia el estómago. Fue así como percibí la emoción, de modo físico, como un intento del cuerpo por hacer sitio a una experiencia que lo sobrepasa.

Hasta entonces sólo había especulado: había escrito, teorizado, barajado opciones, había analizado las películas, había leído, pero nada de eso había sido más que un trabajo, un encargo, por mucho que la curiosidad se hubiera convertido en algo semejante a la obsesión. Pero ahora parecía que todo aquello que yo creía simples ideas y posibilidades lejanas comenzaba a tener cierta realidad. Las cosas tomaban cuerpo. Se hacían presentes, opacas, densas. E intentaban meterse en mi interior.

En todo esto pensaba, con el libro abierto ante los ojos y la mirada extraviada, cuando oí los golpes en la puerta. Supuse que Dominique querría comentar algo que me habría pasado inadvertido en el viaje o en la cena. Pero al abrir me encontré allí a Anna, con los ojos húmedos y el gesto alterado, como si hubiese estado llorando durante horas.

—¿Puedo pasar, Martín?

—Claro, siéntate... donde puedas —balbuceé.

Se acomodó en una esquina de la cama. Todavía vestía la ropa del día. Cuando notó que me avergonzaba por estar en pijama, dijo:

—No te preocupes. Soy yo la que no debería estar aquí.

—Es igual —la tranquilicé—. ¿Ocurre algo?

—He estado pensando. Llevo así desde que supimos que todo esto existía y decidimos venir.

La dejé hablar.

—No sé qué hacer. Me pierdo. Borro imágenes. Como si nada existiera. Y ahora estamos aquí. Todo esto existe. El paisaje. La historia. Y no sé qué hacer. La realidad me hace perderme. No es bueno para mí —titubeó—. Las imágenes me mantienen a salvo. Pero la realidad..., siento que de verdad alguien estuvo aquí. Y eso..., eso me lo arrebata todo.

Hablaba deteniéndose en cada frase. Y comenzaba la siguiente sin ninguna relación con la anterior. Nunca la había visto así. Aunque desde un principio su conversación siempre me había resultado particular, ahora todo parecía aún más inesperado.

—Me pierdo —siguió—. No estoy. Si la verdad sucede. Si hay lugar.

—Estás cansada. Mañana lo verás de otro modo —fue lo único que acerté a comentar.

—¿Y tú, Martín? ¿Qué vas a hacer ahora? Ahora hay realidad.

—Supongo que transformaré la historia —dije—. Quizá escriba sobre esto. No sé, seguimos sin saber nada. Ya veré. Algo haré.

Es cierto, me preocupaba lo que tendría que hacer a partir de ahora —qué escribir, cómo afrontar la historia sabiendo que el muro de la película no era un muro cualquiera, cómo integrar esta realidad en la narración—, pero no me obsesionaba hasta el punto en que parecía hacerlo a ella. Mi «ya veré, algo haré» era en el fondo una evasiva. Ya encontraría la solución. Pero ella hablaba muy en serio. Su «qué vas a hacer, Martín» no se refería sólo a «qué vas a

121

escribir», sino a «cómo vas a poder seguir viviendo así». Para ella significaba mucho, muchísimo más. No había más que mirar su rostro enajenado. Estaba perdida, desconsolada, como si todo su universo de posibilidades se hubiera derrumbado.

Creo que fue entonces, justo después de que le dijera que ya encontraríamos algo y que al día siguiente observaría las cosas de modo diferente, cuando tomó mi mano y me dijo:

—Hoy me has visto.

—¿Cómo?

—Esta noche. Lo he notado. Y tú también, lo sé. Me has visto. Cuando me has mirado. Por dentro. Desnuda.

—Ha sido un momento de intensidad, sí —acerté a decir, aún algo estupefacto.

—No lo entiendes: me has visto. Y necesito que vuelvas a hacerlo. Ahora. Antes de que me pierda más adentro.

Tomó mi otra mano y puso su rostro justo delante del mío:

—Vuelve a mirarme así. Necesito que me veas.

Me quedé unos segundos con los ojos clavados en su rostro. Se acercó entonces a mis labios y me besó. Sentí enseguida su lengua dentro de mi boca. Blanda, suave, dulce. Unos segundos. Luego se retiró unos centímetros, como tomando distancia, y me volvió a mirar.

—Necesito que me mires como antes. Que me veas. Tienes que hacerlo, Martín. Tienes que hacerlo.

No había previsto esa reacción, de ninguna de las maneras. Pero no me incomodó. No era ése el modo en que había imaginado un encuentro con Anna, pero mentiría si dijera que no estaba deseando que ocurriese. Así que seguí la escena tal y como era coreografiada por ella. Me volví a quedar unos segundos mirándola fijamente, buscando en

122

sus ojos algo que me diera la solución a ese momento. No sabía exactamente a qué se refería del todo con «quiero que me veas». Simplemente la miré. Y en ese momento sentí algo que se parecía al deseo pero que no llegaba a serlo del todo. No era atracción física, ni ardor sexual, al menos no como el que sentí contigo, o con Lara, o con la mayoría de las mujeres con las que he estado. No era fogosidad lo que había en mi mirada. Pero descubrí que la anhelaba. La deseaba de un modo que no sé exactamente cómo explicarte. Y creo que eso era lo que ella buscaba. La mirada de un deseo otro, como si necesitara recibir sobre su rostro el peso y la inmensidad de lo visible.

Fue todo muy extraño, Sophie. Un sexo anómalo que por momentos me recordó a nuestra primera vez. También entre nosotros hubo algo de eso. Aunque rápidamente se transformó en hambre y pasión. Aquí, sin embargo, la anomalía se mantuvo durante todo el tiempo.

El cuerpo de Anna era pequeño y delicado. Se perdía entre mis brazos. La imagen de la confrontación de los dos cuerpos me pareció curiosa: uno grande, peludo y grasiento; el otro pequeño y frágil, como de seda.

Te cuento esto ahora porque sé que disfrutabas con los detalles. Siempre te gustó que te contara todo de todas, incluso cuando lo nuestro ya había acabado. Y a mí me encantaba compartirlo contigo. Contártelo, decírtelo, revelártelo todo. Como también hice después con Lara. Aunque a ella le dolía. Luego lo supe. A pesar de su aparente complicidad. Le hacía daño. Pero a ti te gustaba. Disfrutabas. O eso al menos es lo que siempre decías. «Cuéntamelo todo, Martín.» Y eso es lo que yo hacía. Contar. Como ahora, con todo detalle. Por eso escribo que la boca de Anna era diminuta, que sus labios estaban ligeramente agrietados y que nos besamos durante horas.

Besos largos, dilatados en el tiempo, sólo interrumpidos por pequeñas pausas en las que nos volvíamos a mirar, intentando encontrar esa mirada primera que ella había comenzado a buscar.

Desnudé su cuerpo delgado y lo exploré con mi lengua como quien marca un territorio, como si en lugar de con la visión estuviera percibiendo con otros sentidos, con el tacto, el gusto o el olfato. Era como inspeccionar una superficie en vuelo rasante, con la nariz rozando la piel y la lengua marcando con saliva los lugares significativos del cuerpo, descifrando secretos, terrenos ocultos e inexplorados, poniendo imagen a espacios que aún no habían sido nombrados. Me tropecé en mi recorrido con algunas pequeñas marcas en su cuerpo. Su piel fina y sedosa se interrumpía cada cierto tiempo por cicatrices de lo que parecían ser cortes o incisiones. Era un cuerpo con memoria. Y yo no me atreví a preguntar. Al menos en ese momento. Simplemente las evité.

Todo sucedía en dos tiempos y en dos espacios. Recorría su cuerpo con el tacto y el gusto, en una percepción de cercanía, pero cada poco tiempo me alejaba para volver a mirarla, para buscar esa mirada ansiada desde la distancia. Era como ver a través de pequeños zooms; cerca y lejos.

Curiosamente, durante el tiempo que duró nuestro encuentro no llegué a tener una erección. Y sin embargo sentí mi glande humedecido como hacía muchísimo tiempo que no sucedía. Ella también estaba mojada. Pasé mi mano por su pubis casi totalmente rasurado y mis dedos resbalaron por sus labios introduciéndose sin esfuerzo en su vagina. Los sentí arder, y noté también una gran presión en el interior, como si allí dentro hubiese algún tipo de caldera contrayéndose con violencia. Nunca he sentido un calor semejante.

124

Mientras besaba sus pechos y mordía sus pezones con suavidad, seguía moviendo mis dedos en su interior. Acerqué entonces mi boca a su clítoris. Lo olí, lo acaricié, lo besé y estuve sobre él durante varios minutos.

Si te soy sincero, Sophie, no sé si se corrió. Podría ser más literario y escribir que dijo «Oh Dio!, oh Dio!», y que supe exactamente el momento en el que le vino el orgasmo. Pero no. No lo supe. Nunca he sabido cómo se corren las desconocidas. Y ahora, a mi impericia y falta de apreciación, se sumaba la inexpresividad y el silencio de Anna, que parecía guardar para sí misma todo lo que estaba sucediendo, como si todo estuviese teniendo lugar en un interior al que yo no podía llegar, por mucho que hubiera explorado sus orificios.

Sólo al final intuí un movimiento de la pelvis, una presión mayor en los dedos que tenía dentro de su vagina, un suspiro y un posterior relajamiento. No sé si eso fue un orgasmo. Simplemente cesó todo, como si se hubiera producido una pausa en la acción. Luego ella abrió los ojos y me miró. Continuó sin decir nada. Bajó hacia mi sexo y lo introdujo en su boca. Su boca pequeña lo hacía parecer más grande. Su rostro aniñado disparó por un momento mi imaginación y la erección acabó por llegar. Sin embargo, fue un momento fugaz. Luego, volvió a desvanecerse.

Era extraño. No llegaba a sentir placer. Al menos no ese tipo de placer que he sentido con otras mujeres. Por ejemplo, con Lara. Con ella casi más que con ninguna. Creo que ninguna mujer ha provocado en mí erecciones tan vigorosas como ella. Pero con Anna... yo sólo deseaba recorrer su cuerpo, tenerlo cerca, estrecharlo, tocarla, sentirla, y también mirarla. Me di cuenta en ese momento de que no quería tener un orgasmo. No era necesario. No había nada que me impulsara a eso. Así que le dije que parara y llevé su rostro frente al mío. Fue entonces, tras dejar de pensar del todo en mi deseo, cuando comencé a verla como ella necesitaba ser vista. La miré durante unos segundos. Tomé su rostro entre mis manos, toqué su barbilla y la miré directamente a los ojos. Y entonces la vi, o creí verla. Frágil, rota, hecha pedazos. Sentí que tras aquellos ojos había un paisaje ruinoso, un mar oscuro, un caos. Sentí todo eso en sus pupilas. Y le dije por fin:

–Ahora. Anna. Te he visto.

–Me has visto rota.

Sophie, ya sabes que nunca he creído del todo en estas conexiones invisibles. Pero esa noche noté algo excepcional allí. No sé muy bien lo que era, pero lo percibí.

Nos volvimos a quedar un tiempo mirándonos en silencio. Lo que no sé es si ella me vio desde donde yo la miraba. «Nunca me miras desde donde yo te veo», escribió Jacques Lacan para argumentar que el amor –la relación sexual– es imposible. Y, ciertamente, yo miraba a Anna desde un lugar desde el que ella no podía verme. Lo sé ahora. No me vio. No podía, ni seguramente quería hacerlo. Ella necesitaba ser vista. Y yo creía –al menos en ese momento– que podía verla. Lo que aún no sabía es que yo también necesitaba ser visto. Incluso más que mirar. Todos lo necesitamos. Aunque no siempre lo sepamos.

Por un momento, mientras la observaba, pensé que el amor y el sexo se resumen en una especie de teoría de la mirada. Desde mi regreso a Williamstown todo estaba relacionado con mirar y saber ver, con percibir la presencia de algo invisible en las cosas que miramos. Ver lo que sólo a veces puede ser visto.

Hace mucho tiempo escribí un pequeño cuento titulado «Lo que queda en el espejo cuando dejas de mirarte». Seguro que lo recuerdas; fue el primero que leíste. Allí, el protagonista cree en la presencia de un elemento imperceptible, infraleve, que en ocasiones se posa delante de nosotros y que sólo vemos si miramos con los ojos de la imaginación –o de la emoción–. Es lo que piensa el personaje del cuento y también lo que yo pensaba entonces, cuando creía en cosas en las que luego dejé de creer. Sin embargo, esa noche volví a sentir algo parecido a esa percepción infraleve del cuento de mi juventud. Volví si no a creer, sí al menos a intuir cierta creencia. Porque percibí algo, Sophie. La miré y vislumbré una presencia. Y ella se sintió vista. Desnuda. Mucho más de lo que estaba su piel.

–Me has visto rota –volvió a decir.

Y como si realmente lo estuviera, rota, partida, devastada, me abrazó, como si las piezas de su cuerpo estuvieran a punto de soltarse y caer sobre mí. Me imaginé esa noche como una especie de sutura, un hilo o cadena invisible que sujetaba con la mirada todo aquello que estaba hecho trizas en el interior de Anna. Cuando su cuerpo se desplomó sobre el mío y dijo «Tengo sueño. Necesito quedarme contigo esta noche», sentí todo aquello aún más claro. Percibí el hilo invisible; casi creo que lo vi.

Nos dormimos en silencio. Bueno, ella durmió. Yo apenas lo hice. Sólo al final de la noche pude cerrar los ojos. Soñé que estaba con alguien. Creo que soñé que estaba contigo. O quizá no fueras tú. Quizá no fuera nadie conocido. Quizá ni siquiera soñé.

5

Desperté y Anna ya no estaba allí. Quizá había sido un sueño. Estuve dándole vueltas a ese pensamiento hasta que me encontré con ella frente al coche a la hora que habíamos acordado para salir. Se acercó a mí y, casi rozando mi oreja con su lengua, me susurró al oído: «Gracias, Martín.»

Dominique me miró con un gesto cómplice. Te lo avisé, sugerían sus cejas arqueadas. La mirada de Rick fue más difícil de interpretar. Parecía de circunstancia, como cuando uno se hace el distraído para evitar ver algo que le incomoda.

Casi sin mediar palabra, subimos al coche y emprendimos el camino de regreso. Me alegré de que Dominique no preguntara de modo retórico si habíamos dormido bien; no habría sabido qué contestarle. Lo que sí hizo nada más subir –seguramente para evitar cualquier pregunta embarazosa– fue sugerir que antes de regresar nos acercáramos, aunque fuera momentáneamente, a las ruinas, y de paso, a tomar un café en el Puccini.

–Seguro que está ahí ese... coronel. No perdemos nada –dijo, como si fuera el capitán de la expedición. Y dirigiéndose a Rick preguntó–: No te importa, ¿verdad?

–No –respondió, taxativo y algo cortante–, vamos.

Yo miré a Anna, que tampoco parecía demasiado ilusionada. Antes de que pudiera siquiera decir que a mí sí me apetecía pasar por las ruinas, Rick comenzó a conducir y en menos de diez minutos tenía el coche plantado en la explanada en la que había aparcado el día anterior.

–Os traemos un café del restaurante y nos vemos en media hora aquí –dijo Dominique.

Salieron hacia el Puccini mientras Anna y yo, casi emulando la situación del día anterior, nos adentrábamos en el bosque. Era temprano, poco más de las nueve de la mañana. Llegamos a la estructura de piedra y nos situamos en el mismo lugar en el que intuíamos que había estado la persona junto a la cámara. La luz era diferente a la de la tarde y nuestra sombra señalaba el camino hacia las ruinas. Sin embargo, aún necesitaba bastante recorrido para llegar al muro. Pensé entonces que era posible que las películas hubieran sido filmadas cerca del mediodía, el momento en que la sombra incidiría exactamente sobre el campo visual frente a la cámara. Estuve a punto de salir a buscar a Rick y pedirle que esperásemos allí hasta que se produjera la confluencia de sombras. Me habría gustado contarte esa escena. Habría sido más poético describirlo de esa manera: nosotros y el pasado, dos sombras en el mismo lugar, una repetición perfecta. Un alineamiento, un eclipse. Pero eso nunca sucedió –no parecía el mejor momento para pedir a Rick otro favor más–; y esa superposición de sombras sólo se produjo en mi mente –y quizá también en la de Anna.

No nos demoramos demasiado ante el muro en esta ocasión. En realidad habíamos ido allí en busca del coronel –o ésa al menos había sido la excusa para volver–. Y después de atravesar el pequeño tramo de bosque, el antiguo Folck's Mill, lo encontramos justo en la entrada

129

opuesta al lugar donde habíamos aparcado. Era él, sin duda, sentado junto a una pequeña mesa de plástico repleta de papeles asegurados por una hucha de metal, embutido en una casaca verde oscuro que llegaba hasta el suelo y le hacía parecer una escultura de bronce. Me recordó al *Balzac* de Rodin. Un monolito cerrado en sí mismo, una piedra más de las ruinas.

—¿Están interesados en la batalla? —preguntó sin levantarse, volviendo apenas el rostro hacia nosotros.

—En cierto modo —contesté.

—Deben saber que están pisando el terreno sobre el que algunos hombres murieron por defender unas ideas que creían justas —comenzó a decir.

—Disculpe... —le interrumpí—. Conocemos la historia.

No teníamos demasiado tiempo y quería preguntarle directamente por las películas. Así que le expliqué que habíamos llegado allí porque buscábamos información sobre la persona que había filmado una película con esas ruinas de fondo a principios de los sesenta.

El hombre mudó su expresión. La segura decepción por no haber podido contar la historia que tenía preparada se transformó en estupefacción.

—¿Los sesenta? —preguntó con el entrecejo fruncido.

Asentí.

—Improbable. En aquel tiempo aún nadie conocía este lugar. Casi nadie. Ahora sí; ha salido en los periódicos y parece que todo el mundo quiere conservar todo. Incluso excavan para sacar cosas. Yo pienso que se deben dejar ahí. Ahí quedaron y ahí deben permanecer. Moverlas de sitio... —dijo, pasando su mano por su barbilla, demorando sus dedos alrededor de un pequeño hoyuelo que recordaba el de Kirk Douglas—. En fin, yo no puedo decir nada. Ahora todos se creen con derechos. Todo pertenece

130

a la comunidad. Pero esto no seguiría aquí si no fuera...
–Hizo de nuevo una pausa y nos miró–: Bueno, ustedes preguntaban por unas películas de los... ¿sesenta?

Volvió a fruncir el entrecejo y a negar levemente con la cabeza. Yo asentí de nuevo, consciente de que la situación se estaba repitiendo.

–Como les digo, en ese tiempo apenas pasaba nadie por aquí. Pero nosotros estábamos. Estaba yo. Y también algunos jóvenes. Y tuvimos que luchar –enfatizó el término «luchar»– para que las condenadas autopistas no lo devoraran todo. Fuimos varios, pero no demasiados. Así que si alguien hubiera mostrado interés o, como dicen, hubiera filmado películas, lo sabría.

No dije nada. Pero seguramente la desilusión de mi rostro le hizo matizar sus palabras:

–Yo no lo recuerdo –continuó–. Pero, claro, no lo sé todo, y mi memoria a veces falla. ¿Es importante para ustedes?

–Lo es –dije–, señor...

–Coronel Bennet –dijo poniéndose en pie con cierta dificultad, como si el solo hecho de decir «Coronel» hubiese conferido a la acción un punto marcial que, sin embargo, rápidamente se convirtió en servicial–. Si quieren, pueden dejarme un teléfono o alguna manera de contactar con ustedes –dijo avanzando un pequeño trozo de papel y un lápiz roído– y buscaré todo lo que pueda. Si alguien hizo una película sobre Folck's Mill, soy el primer interesado en saberlo.

Anna apuntó su número americano en el papel –yo aún seguía usando el español– y se lo entregó.

–¿Anna Morelli? ¿Es usted italiana?

–Lo soy.

–*Di dove?* –preguntó el anciano.

–*Trieste.*

–*Bellissimo*. Estuve destinado un tiempo en una base en Milán. Me enamoré de Italia. Haré todo lo que esté en mi mano, *signorina*.

Agradecimos el gesto y la atención. Y antes de irnos introduje diez dólares en la pequeña hucha.

–No es necesario –dijo–. No por esto. Pero se lo agradezco. Por la Historia.

Nos despedimos con un apretón de manos y salimos al encuentro de Rick y Dominique, que estarían a punto de regresar del Puccini.

Nunca ha dejado de sorprenderme la generosidad del pueblo americano. A veces en las películas os muestran como huraños y desconfiados –en ocasiones lo sois, no me lo negarás–, pero luego también está esa otra cara, la de la gente que ayuda –o pretende ayudar– sin pedir nada a cambio, simplemente porque siente la obligación de hacerlo y percibe como suyo algo que acaba de entrar en su vida.

El hombre había recibido una pregunta de unos desconocidos y parecía estar dispuesto a encontrar una respuesta. No tenía la menor duda. Iba a ser complicado. Una aguja en un pajar, pensé. Pero existía la posibilidad. Y esa posibilidad me emocionó.

Cuando nos marchamos de allí no pude evitar verme como el detective de una película, el investigador privado que pregunta, indaga y deja el teléfono al testigo por si su memoria se restablece. Sophie querida, qué difícil era a veces escapar del plató cinematográfico.

6

−Anna preferiría no encontrar nada, ¿verdad? −dijo Rick mirando por el retrovisor.

−¿Cómo? −contestó ella.

−En el fondo esto es una adversidad −continuó en un tono algo sarcástico, buscando su mirada en el espejo−. Para ti es mejor que no haya nadie detrás de las imágenes, ¿verdad? Dime que me equivoco, Anna. Dímelo.

−No sé de qué hablas. Por supuesto que quiero encontrar. ¿Por qué habríamos venido aquí, si no? Pero a veces es mejor no tomar contacto con el origen de las cosas. No es tan importante. Para mí no lo es. A veces es mejor no saber nada. Quizá tengas razón −aseveró algo alterada−. Quizá no quiera encontrar nada. Y ahora que lo dices, pienso que quizá no deberíamos haber hecho este viaje. Sí, Rick, tienes razón. Me aterra la posibilidad de que me arrebaten la mirada de aquello en lo que yo había puesto todo el significado.

Estaba claro que allí había algo más que una disputa de argumentos. Rick sabía cómo sacar a Anna de sus casillas. Entonces se dirigió a mí:

−Tú qué dices. ¿Prefieres encontrar o dejar?

133

La pregunta era violenta por el tono y porque me metía en una discusión que yo intuía que venía de antes.

–Yo... –dudé– prefiero encontrar y saber. Confío en la historia más que en la imaginación. Creo que hay que llegar al fondo de las cuestiones. Es mejor romper los juguetes para ver cómo funcionan, ¿no? –Dije eso y me acordé de ti, Sophie, porque ésta era tu frase preferida. Y lo dije también con toda la intención, pensando en Rick, en sus máquinas y sus juguetes rotos.

–Posturas diferentes –dijo Dominique intentando calmar los ánimos–, la visión del creyente y la del escéptico. En el fondo, lo que tenemos aquí es una discusión filosófica, *c'est tout*. Si nos viera el director del Clark estaría orgulloso; produciendo conocimiento incluso de viaje.

Tenía dominio de la situación, Dominique. Sabía cómo conducir una conversación al lugar que quería. Y ahora pretendía calmar los ánimos ante el largo viaje que nos esperaba. Además, tenía razón en sus argumentos. Lo que había sobre la mesa eran dos maneras de afrontar la vida: una que pretendía descubrir cosas y llegar al fondo de todo para hallar respuestas, y otra que confiaba en que las respuestas nunca llegarían, al menos en la forma ansiada, y que era más fácil crearlas, inventarlas, imaginarlas. Escépticos y creyentes, había dicho Dominique. Sí, probablemente. Lo que ocurría era que los papeles no estaban repartidos del modo en que él los había intuido. Al menos no totalmente. El escéptico aquí era el escéptico en respuestas; y el creyente era el que creía en la posibilidad de encontrar algo. Yo buscaba respuestas, creía que las imágenes tenían un origen y que era necesario encontrarlo. Creía en verdades que podían encontrarse. Sin embargo, esa creencia me convertía en escéptico; escéptico de la incertidumbre en la que Anna creía.

Comencé a ser consciente de esto al escuchar las últimas palabras que Anna pronunció antes de que Rick pusiera la radio y Dominique saliera en ayuda de todos, acudiendo a temas banales que nos mantuvieron entretenidos prácticamente hasta llegar a Williamstown.

–Toda búsqueda es una destrucción. Sólo encuentras si destruyes. Por eso mi búsqueda es así –dijo dirigiéndose a mí. Su mirada era ahora cerrada, opaca, como si no quisiera que la viera del mismo modo que la noche anterior, como si las palabras fueran las encargadas de decir eso que ella era por dentro–. Una destrucción de pruebas, un borrado de evidencias. Borrar para ver. –Dudó un segundo y, mirando ahora al suelo, en un tono casi imperceptible, concluyó–: Sólo podemos ver aquello que hemos perdido. El resto, lo que creemos tener, es invisible. Incomprensible.

IV. «Jetztzeit»

La historia es objeto de una construcción cuyo lugar no es el tiempo homogéneo y vacío sino el que está lleno de «tiempo del ahora» [*jetztzeit*].

WALTER BENJAMIN

1

El viaje nos cambió. Así es aún como lo siento. Ahora, mientras escribo esto y lo sitúo justo en la mitad del libro, sigo siendo consciente de que ése fue el ecuador de la historia, el punto medio en el que todo comenzó a reposicionarse. Cuando Rick aparcó frente a la casa de los becarios y bajamos del coche resguardándonos de la lluvia, cuando Dominique introdujo la tarjeta que abría la gran puerta y comenzamos a caminar hacia nuestros respectivos apartamentos, cuando me despedí de Anna con un leve roce de manos y me quedé embelesado unos segundos con sus movimientos delicados, percibí con claridad que algo se había transformado. Dos días apenas es nada, lo sé. Y, sin embargo, en ese momento no tuve la menor duda de que, de alguna manera, no éramos exactamente los mismos que antes de emprender el viaje.

Las semanas posteriores a nuestro regreso Rick se mantuvo distante, Dominique se encerró a preparar su conferencia y Anna y yo continuamos lo que habíamos empezado en el pequeño motel de Cumberland. Me fui haciendo adicto a ella, a su delgadez, a su olor, a su piel, a mirar sus ojos extraviados; adicto a un cuerpo frágil que,

139

por alguna razón que aún no comprendo, nunca lograba penetrar.

Siempre he sido de erección fácil, tú lo decías. No era normal que con sólo besarte mi pantalón se pusiese a punto de reventar. Contigo, con Lara, con las demás, siempre, al menor contacto, mi sexo estaba preparado para todo. Pero con Anna mi deseo no acababa de surgir y mi pene no conseguía endurecerse. Caricias, miradas, sabores, olores..., hacía lo que ella me pedía. La besaba, la veía con mi lengua, restregaba mi piel contra la suya, pero nunca la penetraba. Lo que hacía –lo pienso ahora– parecía más bien una especie de sanación. Besar, lamer, mirar, reconfortar. Sexo analgésico. Una cura animal.

–Me gusta así –decía–. Contigo me gusta así.

La veía rota y quebradiza y mi cuerpo intentaba curarla. Así se habían establecido las cosas desde el principio. En las relaciones –y en el sexo– el primer encuentro es el que dicta los roles y las dinámicas. Quién domina, quién decide, quién tiene el poder, quién acata las normas. No hace falta firmar ningún contrato. En nuestro caso, ella era el animal herido; yo, el curandero. A ella le gustaba. Y a mí, pese a no saber realmente a lo que me enfrentaba, creo que también. Lo que no tenía del todo claro era si mi relación con Anna se había establecido así porque eso era lo que ella requería de mí, o si en el fondo yo había optado por esa relación porque mi deseo había desaparecido mucho tiempo atrás –bastante antes de regresar a Williamstown.

Lo he pensado muchas veces después, Sophie. Creo que conmigo ella se sentía reconocida y, al mismo tiempo, no poseída. Y yo, por mi parte, sentía que ése era el único sexo que podía ofrecerle. Lo escribo así por buscarle alguna explicación. La verdad es que nunca llegamos a hablar

140

de esto; simplemente ocurría. Y ya está. Eso era lo importante. Aquel sexo la protegía de algo que la atormentaba y que era más fuerte que ella. Y yo me sentía como una suerte de amuleto necesario para conjurar miedos y pesadillas.

Una noche, después de uno de estos encuentros tras los cuales ella siempre dormía y yo sólo comencé a hacerlo con el paso del tiempo, me miró fijamente a los ojos y dijo:

—Quiero contarte un secreto.

Se acercó a uno de los cajones del escritorio y sacó unas fotografías.

—No las tengo todas en el Clark. Necesito estar con ellas.

—No te preocupes; mantendré la boca cerrada —la tranquilicé, creyendo que ése era el secreto que quería contarme.

—Las imágenes me hablan. Nadie lo sabe. Esta mujer —dijo señalando a una de las fotos— me dice cosas al oído.

Me quedé unos segundos descolocado, sin saber exactamente cómo reaccionar.

—¿A ti no te hablan las películas? —preguntó—. ¿No te mira la sombra y te susurra al oído?

Respondí con una evasiva:

—Quizá no las oiga.

—Tienes que prestarles atención. Mira esta mujer —volvió a señalar la fotografía—, escúchala.

Hice ademán de agarrar la foto, pero ella no la soltó. Simplemente la puso frente a mi rostro y esperó.

El cartón de la fotografía en blanco y negro estaba algo arrugado por los márgenes. La mujer, de unos treinta

141

años, posaba de pie en el centro de la imagen junto a una valla delante del jardín de una gran casa de madera. Un vestido de flores le cubría las rodillas, y sus manos sujetaban un bolso oscuro que casi le tapaba las piernas. Por la estética –el pelo recogido, el vestido cerrado hasta el cuello o los zapatos blancos de tacón– supuse que la foto podría ser de los años cincuenta o sesenta. Lo que llamó mi atención fue el rostro de la mujer, su mirada directa a la cámara y la expresión de naturalidad. Era un retrato familiar; sin duda. Se percibía allí una relación con el fotógrafo. La franqueza de la pose, el gesto tranquilo, el afecto en la sonrisa esbozada..., una intimidad de la que en ese momento nosotros formábamos parte.

–No quiere que la borre –dijo Anna–. Se resiste. No sé si podré hacerlo. El resto me habla sólo cuando las borro. Quizá algún día te lo muestre. Mientras lo hago me cuentan su historia. Y esa historia es la que retengo en mi mente. Es lo que yo soy. Ahí me reconozco. Pero ella se resiste. Me lo susurra al oído. Me lo dicen sus ojos. Y eso... me hace caer. Al fondo. Porque entonces dejo de ser yo. Me pierdo. La mujer retiene mi historia. ¿Lo entiendes, Martín?

Intenté buscar una expresión de conformidad. Pero creo que no la encontré. Me quedé unos segundos sin saber qué decirle. Aunque en el fondo lo había entendido. Creía saber lo que ella decía. Y durante unos instantes incluso llegué a desconfiar de mi percepción de las cosas. Quizá aquella mujer le hablaba, y quizá las películas también me estaban diciendo algo a mí y yo no había sabido escucharlo. Por un momento se me vino todo eso a la cabeza, lo confieso; seguí el razonamiento de Anna. Sin embargo, rápidamente volví a la realidad y recapacité sobre lo que estaba sucediendo allí: Anna tenía un problema y las voces no existían; las imágenes eran sólo imágenes. Eso fue lo que preferí pensar, la salida más fácil. Era mucho más cómodo saberse en posesión de la verdad que abandonarse a la incertidumbre, establecer quién tiene la correcta visión del mundo y quién ha perdido el sentido de la realidad.

Creo que Anna lo percibió: su secreto no debía haber sido contado o, en cualquier caso, yo no era la mejor persona con quien compartirlo. O aún no era el momento, por mucho que mi rostro intentara hacerle ver que estaba dispuesto a aceptar la presencia de las voces. Y quizá sí lo estuviera. Al menos de algún modo. Porque, si te soy sincero, esa noche me habría gustado creer en las imágenes, escuchar las voces y, aunque fuera durante unos segundos, poder compartir el mundo oscuro y enigmático que Anna habitaba.

Nos dormimos después de la conversación. De nuevo, yo descansé poco. Aun así soñé profundamente. La mujer de la fotografía me habló. También la sombra. No sé qué me dijeron, pero algo oí. Me costó trabajo despertarme y salir del sueño. Todavía puedo evocar con claridad el tono mortecino de aquellas voces.

2

«¿Qué vas a hacer ahora? Ahora hay realidad.» Ésas habían sido las palabras de Anna en el motel de Cumberland la noche en que nos encontramos. Y esa pregunta abierta, qué hacer ahora —qué escribir–, fue la que comencé a formularme yo también tras el regreso del viaje. Lo hice con cierta inquietud, pero sin gran preocupación. Tenía que escribir una historia, hacer algo con las películas, justificar mi estancia allí; sin embargo, esa tarea dejó de obsesionarme en el sentido en que lo había hecho antes de la conferencia. La presión había desaparecido. Lo único que me importaba en ese momento era estar allí, esperar, demorarme, transitar por ese presente extraño que había comenzado a vivir con Anna.

Quizá por eso me resistí a permanecer en el sótano recluido frente a las imágenes y decidí experimentar lo que estaba sucediendo. En los últimos años había habitado un tiempo desencantado, un presente-pasado anclado en la ruina que me conducía hacia delante por pura inercia, consciente de que ya todo se había desmoronado. En Williamstown, sin embargo, recuperé el tiempo. No el tiempo perdido, sino la capacidad de experimentarlo, de ser consciente de su paso. La sensación de que el mundo se desinflaba a mi alrededor comenzó poco a poco a desvanecerse y una corriente de fondo empezó a ascender desde abajo, a rodearme y a protegerme del deshilachamiento de todas las cosas. El aire que una vez respiramos, algo de él, consiguió elevar del suelo todo lo que había perdido consistencia.

Durante varias semanas apenas escribí. Al menos no me senté a hacerlo. Ahora tocaba esperar. Inconscientemente, aguardaba a que las imágenes me hablaran, o que algo me hiciera una señal y me dijera «esto es», «ahora», «éste es el camino». Probablemente fue esta apertura al mundo la que me hizo plantearme visitar casi todos los días la colección del Clark.

No sé si te lo llegué a confesar: la otra vez tan sólo recorrí las salas de exposiciones en dos o tres ocasiones. Unos rápidos paseos de compromiso y poco más. El arte era para mí un trabajo; no llegaba a emocionarme. No veía ningún mérito en permanecer más de un minuto frente a un cuadro o una escultura. Los museos me cansaban, me saturaban, incluso me ponían de mal humor. Y, al final, cada vez que viajaba y entraba por inercia en esos lugares, acababa en la tienda mirando libros o en la cafetería pensando en mis cosas y sentado tranquilo. La sola idea de verme rodeado de gente esperando para mirar me extenuaba. La voracidad y la ilusión de los demás visitantes arrebataba toda mi curiosidad. Todo para vosotros, pensaba, a más tocáis, no os privaré del arte que tanto deseáis; yo ya he tenido suficiente.

Sin embargo, durante esos días en Williamstown empecé a contemplar los cuadros de modo diferente. Al retomar el tiempo, retomé también la mirada. Y mis visitas a la colección se hicieron cada vez más frecuentes. Establecí

145

una rutina que cumplí casi a rajatabla, visitando cada día solamente una sala y demorándome como mucho en uno o dos cuadros. Podría haber convertido este libro en un diario de mis paseos por el museo. Por un momento estuve tentado de escribir algo así. Pero la escena me resultaba demasiado leída, demasiado repetida para sentirla como real.

No voy a hablarte de la colección del museo. De sobra la conoces. Yo nunca la había valorado en su justa medida. Las pocas –casi anecdóticas– veces que había entrado a curiosear apenas me había fijado en las obras de los grandes maestros: en el Durero, en el Goya, en el Ghirlandaio, en los Renoir. Pero había pasado por encima del resto de las obras y objetos, de esa especie de historia del arte occidental que el museo parecía recrear. Sin embargo, ahora entendí por primera vez el sentido de todo aquello. Me puse en la piel de los Clark, de Francine y Sterling, de su intención de crear allí una imagen del mundo, un universo habitable, ideal, en el que cada obra, por insignificante que fuese, tuviera el poder de evocar toda una época, un momento, una sensibilidad.

Experimenté la colección de esta manera, como un modo de dar sentido al mundo. En el fondo eso es lo que hacemos con nuestra vida: dar sentido a las cosas que hemos hecho. Eso es lo que somos. Al fin y al cabo. Hechos. Y creamos una historia para justificarnos y dotar de significado a la serie de contingencias que nos han construido. Una colección no es diferente a eso: una serie de obras de arte, muchas de ellas adquiridas por azar o por búsqueda, pero cuyo resultado suele ser azaroso, a las que se otorga un sentido de totalidad. Un mundo propio. Un universo a medida.

Tampoco sé si te lo dije: tanto impresionismo en las salas del Clark me causaba rechazo. Demasiadas manchas edulcoradas. Como en la mayoría de las colecciones americanas. Supongo que cuando comenzaron a crearse las grandes fortunas, adquirir cuadros de los impresionistas era un signo de modernidad. Francia, el arte nuevo, las ideas avanzadas, el sentido del arte por el arte..., la vida moderna. Y, por supuesto, el mercado, claro, la burbuja impresionista, la sobreoferta, la sensación de que ése era el arte que debía ser comprado. Luego llegó Picasso, que al mismo tiempo abría y cerraba la historia, y que convertía el arte de vanguardia en algo que se rebelaba contra el pasado y que a la vez lo volvía a instituir a través de la cita y las referencias. Un revolucionario aburguesado, un caramelo sabroso para todos los coleccionistas ávidos de ideas avanzadas pero no demasiado peligrosas. Después vendrían Pollock y los expresionistas abstractos. Y hoy Damien Hirst y Bill Viola. Pero a eso los Clark no llegaron.

En mis paseos por el museo, a pesar de sentir que el tiempo se había detenido, intentaba evitar el impresionismo. Y pasaba de largo por los Degas, Renoir y Monet. Siempre lo había hecho y ni siquiera esos momentos de demora habían podido cambiar esa rutina. También me escapaba de Van Gogh y Gauguin. El primero me parecía un loco, pura visceralidad fetichizada; el segundo, un oportunista. Sólo Cézanne me había conquistado. En él seguía habiendo algo del arte pasado que, al mismo tiempo, era tremendamente moderno. En el Clark, sin embargo, apenas pude encontrar obras suyas. Los impresionistas y su sentido de la fugacidad banal se habían llevado todo el mérito. Las únicas obras del pintor de Aix-en-Provence se encontraban escondidas en la galería de dibujos. Fue allí donde el carboncillo de un paisaje llamó mi atención.

147

Era un dibujo del pueblo de Auvers fechado en 1873, donado a la colección por el historiador George Heard Hamilton en 1977. El dato me resultó curioso y me hizo recordar «el Hamilton». Así llamábamos en la carrera al manual con el que preparábamos el examen de «Arte contemporáneo I». En sus páginas leí por primera vez algunas de las ideas de Cézanne. *Pintura y escultura en Europa 1880-1940.* Un clásico. En España todavía se sigue utilizando. En 1977, el año en que nací, el mismo Hamilton que había escrito el manual en el que conocí a Cézanne, donaba al Clark ese paisaje. Pura coincidencia. Sería absurdo buscar algún significado detrás. Pero aun así no pude evitar especular. Y sobre todo eso me hizo fijarme con más detalle en el dibujo. Fue en ese momento cuando advertí la intensidad de las sombras en la parte izquierda de la composición.

En la pintura de Cézanne apenas suele haber sombras. Los objetos y las personas existen en un lugar más allá de la iluminación natural. La fuente de luz del interior del cuadro desaparece y cada objeto es una representación ideal que progresivamente se va alejando del naturalismo. Sin embargo, ese paisaje de su primera época estaba repleto de sombras. Los continuos trazos gruesos del lápiz oscurecían el espacio que había detrás de los árboles y lo dejaban todo en una penumbra absolutamente excepcional.

Hamilton. 1977. La sombra en el paisaje. Quizá el cuadro me quería decir algo. O quizá era yo, después de todo, que me había abierto a la posibilidad de escucharlo. Y lo que creí escuchar fue que la sombra estaba en todas partes. De un modo u otro, latía en gran parte de las obras del museo. Era la sombra de los paisajes de Claudio de Lorena; la luz plena en los cuadros de Piero della Francesca, que parecían pura iluminación y que, al desterrar las sombras, las hacía presentes en la imaginación; la pura mancha negra en algunas obras de Sargent; las brumas oscuras de Turner; las sombras en la nieve en las pinturas de Decamps; las sombras del bosque en los paisajes de Boucher, en los caballos de Delacroix, en las visiones de Rembrandt... Todo se convirtió en sombra. La propia historia de la pintura es la historia de una sombra. Lo escribió Stoichita: la pintura como falta, como huella, como forma de duelo.

Se me pasó por la cabeza escribir de todo esto y buscar la relación entre la sombra proyectada sobre el muro y las sombras pintadas de los cuadros. Por un momento incluso se me ocurrió que ésa podría ser una buena exposición, la que mostrase las sombras de la colección y las sombras de las películas. Un diálogo a través de la penumbra, una conversación en la oscuridad.

Lo que realmente aprendí esas semanas fue a mirar y escuchar las imágenes. Comencé a ver más, como si me

3

La tarde en que oí los gemidos regresaba del museo tras pasar varias horas frente a las sombras de Rembrandt. Los escuché al abrir la puerta de mi apartamento. Parecían venir del piso de Anna. Pude distinguir su voz, aunque no entendí lo que decía. Después oí una voz masculina y el arrastre de alguna especie de mueble pesado. Estuve tentado de tocar a la puerta, pero cuando me acerqué y presté más atención fui consciente de que allí no había nada que decir. El jadeo y los golpes comenzaron a hacerse rítmicos, como un martilleo. No quise seguir escuchando y entré en mi apartamento. El rumor siguió durante más de media hora.

Cuando oí el sonido de la puerta, me acerqué a la mirilla y pude ver con cierta claridad a Rick, abrochándose los últimos botones de la camisa. Apreté los dientes y cerré los puños con fuerza. Mi cuerpo reaccionó antes que mi mente. Sentí de repente que el apartamento comenzaba a encoger y se cernía sobre mí y que el aire, ese que creía haber recuperado, se esfumaba por completo y me dejaba sin respiración.

Esperé unos minutos a que Rick entrase en su aparta-

151

mento y salí a toda prisa de allí, huyendo de algo que, aunque al principio no supe demasiado bien cómo interpretar, enseguida conseguí reconocer. Celos. ¿Te lo puedes creer? Después de tanto tiempo. Tú y yo los habíamos trabajado, una y otra vez. Me enseñaste a dejarlos de lado. Y supongo que hiciste lo mismo con Francis. Yo nunca sentí celos de él. Sabía que todas las noches transitaba tu cuerpo, pero esa imagen jamás me atormentó. Tampoco sentí celos por Lara, aunque ella nunca quiso acostarse con nadie, por mucho que yo se lo pidiera. Con ella siempre quise experimentar cómo sería estar en el otro lado. La animaba a hacerlo, a probar, aunque fuera sólo una vez. Fantaseaba con la imagen de mi mujer follando con otros hombres, penetrada por cuerpos fuertes y atractivos; y también la imaginaba feliz yendo al cine con un amor fugaz, teniendo una cena romántica, conociendo el placer de la seducción, volviendo a humedecerse mientras se dejaba seducir por algún desconocido. Pensaba en todo esto y no sentía celos, sino todo lo contrario. Deseaba que sucediera. Pero ella decía que no era necesario, que no hacía falta, y que si algún día lo hacía seguro que me iba a doler. Yo repetía lo mismo una y otra vez: que no, que era totalmente libre, que yo la quería y que eso era lo único que tenía que tener claro. Los celos no existían. Yo estaba vacunado contra ellos.

Sin embargo, ahora, las mandíbulas apretadas, los puños cerrados, el dolor de estómago, las sienes arrugadas oprimiendo el cerebro, el cuerpo intentando salir de sí mismo sin saber demasiado bien hacia dónde hacerlo... no tenían otro significado.

¿Por qué con Anna sí y no con vosotras? ¿Es que nunca os quise? ¿Por qué ahora y no antes? En ese momento no llegué a tenerlo claro. Después lo he pensado y poco a poco he ido esbozando una respuesta. Clara, taxativa, definitiva: a Lara y a ti os tuve; a Anna no logré poseerla jamás.

La tarde que vi a Rick salir de la habitación de Anna se iniciaron todos estos pensamientos. Me examiné a mí mismo casi como un antropólogo. Me recuerdo intentando poner orden en mi mente, dando pequeños pasos, parándome cada dos por tres, apoyándome en los árboles, como si el pensamiento no pudiera desarrollarse durante el paseo y tuviera que frenar mi cuerpo para pensar.

No seguí un rumbo fijo, pero inconscientemente bordeé la parte trasera del Clark y cuando quise darme cuenta estaba junto al Research Center. No había recorrido demasiado trecho y tampoco había pasado tanto tiempo, pero sentí que debía descansar. De algún modo, todos aquellos pensamientos necesitaban reposo. Sólo permaneciendo quieto, estático, inmóvil, soy capaz de pensar correctamente. Por eso quizá mi modelo no haya sido nunca Robert Walser y su paseo, sino más bien Cioran y su convicción de que sólo es posible pensar horizontalmente, con el cuerpo inerte y los músculos relajados.

Cuando noté que me aproximaba al Clark decidí bajar al sótano y enclaustrarme en mi oficina. Sólo allí pude pensar todo lo que he escrito antes. Quizá en el paseo los pensamientos se movilizaron y comenzaron a circular, pero la posibilidad de pensarlos, de verlos, de ser consciente de ellos, me vino sentado frente a la mesa, en la habitación cerrada, con la mirada perdida, protegido por la penumbra. Allí, tranquilo, dentro de aquella linterna mágica, pude dotar de sentido a todo lo que había sucedido. Intenté que la razón volviese a tomar el control de la si-

153

tuación. Y en cierto modo lo hizo. Aunque los celos siguieron ahí, transformados racionalmente en inseguridad, interpretados en la mente, pero bullendo en el cuerpo, quemándome por dentro.

Hacía bastante tiempo que no veía las películas. Desde el viaje apenas había regresado a ellas. Ya le había dado más de cien vueltas a cada una. Sin embargo, esa tarde sentí la necesidad de encontrarme con la sombra.

El ruido del proyector me acunó. Me quedé con la mirada perdida en el paisaje de la película, como si fuera un mandala. Y en esa quietud sentí que la sombra comenzaba a vaciarse, a hacerse cada vez más transparente. Tras un tiempo mirando las imágenes hipnotizado por el sonido del proyector, me descubrí reflexionando sobre todo lo que antes he escrito, pensando si es que nunca os quise, o cómo fue posible lo nuestro durante un tiempo, cómo se apagó, cómo desapareció.

Era curioso, ahora que sabía algo más del lugar en el que la película había sido filmada y que la imagen se había cargado de significados de los que antes carecía, todo comenzaba a perder sentido. Ya no importaban las ruinas. No importaba la guerra. No importaba Folck's Mill. No importaba nada que estuviese en la imagen. La sombra se había vaciado de su historia para llenarse de la mía.

En un momento determinado creí oír una voz. Presté atención. No había nadie en el Clark. Era tarde. No había podido oír nada. Probablemente había sido el sonido rítmico y continuo del proyector. Eso pensé. Pero no pude evitar que se me erizara el vello de la nuca. La habitación oscura, el edificio antiguo, la película..., sabes que nunca he creído en fantasmas, pero también que nunca he dejado de creer del todo. El miedo es a veces irracional. Cuando creí sentir el susurro y vi que la sombra seguía inmóvil no pude evitar mirar hacia atrás. La sala estaba en penumbra y allí todo perdía su contorno. El solo hecho de girar el cuello para buscar el origen de la voz trajo consigo el miedo. Es inexplicable, lo sé. Pero eso es el miedo. Y eso habían sido también los celos.

Me levanté, encendí las luces, apagué el proyector y salí del Clark mucho antes de lo que había previsto. Después le he dado varias vueltas a ese momento. Y he pensado que si alguna voz me reclamaba aquel día no era otra que la tuya. O quizá la mía, la nuestra, el pasado, que pretendía emerger para no irse ya jamás, para entrar en el presente y sacar las cosas de la cuneta de la historia. No de la gran historia, sino de la nuestra, de la única que podemos rescatar.

Esa misma noche Anna visitó mi apartamento.

–Sé que nos has oído, Martín. Lo siento, tenía que haberte dicho...

–No te preocupes –respondí sin demasiada convicción.

–Lo necesitaba. Hoy mi cuerpo lo necesitaba.

Yo no le había contado nada de lo nuestro. Pero supongo que lo intuía, por alguna razón.

–No te preocupes –volví a decir.

–Con Rick tuve algo. Hace algún tiempo. Y apenas queda nada. Quizá sólo el cuerpo. Pero el cuerpo tiene memoria. Y hoy ha recordado lo que fuimos.

El cuerpo tiene memoria, decía. Ella hablaba del cuerpo. De lo que necesita el cuerpo. Y yo me daba cuenta de que ahora era yo quien estaba en el otro lado. En el otro lado del cuerpo.

155

–Martín, a veces necesito caer. Ser cosa. Algunas veces, no todas. Cada vez menos. Pero sí algunas veces.

–Yo podría... –comencé a decir. Y ella me tapó la boca.

–No, Martín. No quiero eso contigo.

–Entonces... volverá a suceder, ¿verdad? –pregunté casi por inercia, sabiendo ya cuál iba a ser la respuesta.

–Quizá. En algún momento.

Tomó mis manos y me miró:

–Pero no es lo mismo, Martín. Es diferente. Y no sé si puedo pedirte que lo entiendas.

–Puedo entenderlo.

Y quería hacerlo. ¿Quién mejor que yo? Yo, que tantas veces había intentado dar esa explicación a Lara, noche tras noche. Pero había algo que me quemaba por dentro. Me destrozaba la idea de encontrar un lugar cercado para siempre. Ese dedo tapando mis labios al decir «yo podría...» me advertía que por allí no debía transitar. Tenía que aceptarlo. Había una parte de aquella tierra que jamás podría conquistar. Un continente oscuro que había sido vedado para mí. Y confieso que me habría gustado cruzar, saltar a aquel precipicio, arrojarme al vacío con ella. Hacerla caer. Aunque aún no supiera exactamente el significado de su caída.

Pero le dije que la seguía. Se lo dije esa noche. Fui paciente. Confié en poder aceptarlo. Y quizá lo hice por todo lo que había pedido a Lara; por todo lo que había pedido al resto. Por todas las veces del pasado.

–Lo entiendo, Anna. Es necesario.

Esa noche dormimos abrazados. Recorrí su piel con mi lengua como quien tranquiliza a un animal moribundo. Y allí encontré heridas de una batalla que yo no había librado. Marcas de mordiscos, moretones y pellizcos. Esa noche preferí evitarlos. La huella de Rick estaba aún demasiado cerca. Podía oler su saliva en las dentadas. Y no quise lamer aquellas heridas. Al menos no esa noche. Aún no había llegado el tiempo de habitarlas.

4

Los días posteriores a aquella noche fueron extraños. Intenté sentarme de nuevo frente a las imágenes, seguí visitando el museo, continué con mi rutina todo lo que pude. Pero algo había cambiado. Mi mente se había desafinado y buscaba el tono justo de pensamiento, el equilibrio perdido. A pesar de lo que había dicho a Anna, sentía que algo se había destensado. Y poco a poco intenté volverlo a poner en su lugar.

No cesaba de darle vueltas a lo mismo, una y otra vez. Y aunque lo entendía todo como un proceso mental, en algunos momentos se me pasó por la cabeza la idea de compartir mi inquietud con Dominique, que en ese momento era lo más parecido a un amigo que yo tenía en Williamstown. Al final, sin embargo, me mantuve en silencio. Entre otras cosas porque no pude encontrarlo por ninguna parte. Hacía varias semanas que no lo oía entrar y salir de la casa; ni siquiera lo había visto en el Clark a la hora del almuerzo. Quizá por eso cuando la tarde del último jueves de abril entré en el auditorio y lo encontré colocando los folios sobre el atril, respiré aliviado.

En la pantalla podía leerse el título de la intervención,

«Twisted Time: Photography and Anachronism», el proyecto sobre el que había estado trabajando en el Clark durante esos meses. Y lo que defendió en la conferencia no distó demasiado de lo que, de modo más relajado y sin tantas referencias, me había comentado en más de una ocasión: que cierta fotografía contemporánea presenta resistencias al tiempo de la modernidad.

Casi toda la charla giró en torno a una obra del artista neoyorquino Jerry Spagnoli, un daguerrotipo realizado el 11 de septiembre de 2001 en el que se intuía, al fondo, la silueta de las Torres Gemelas humeantes, minutos antes del derrumbamiento. Una técnica del pasado era utilizada para visualizar el presente. Y ese anacronismo convertía la actualidad en pura fantasmagoría, en un tiempo retorcido sobre sí mismo.

Mientras Dominique hablaba sobre la temporalidad

159

y enunciaba teorías y problemas filosóficos para legitimar su argumentación, yo no podía evitar llevarlo todo a mi terreno. En aquel daguerrotipo el presente era visto con los ojos del pasado. Y pensé que lo que me sucedía a mí con Anna en esos momentos era algo semejante: había comenzado a ver mi presente con los ojos de Lara, o con lo que yo creía que podrían haber sido los ojos de Lara, los ojos que intentaban adecuarse a una realidad que probablemente la superaba. Yo estaba ahora en el otro lado. Y el pasado de los otros se convertía en mi presente. O al revés: mi presente estaba en realidad mediado por todo lo que ya había sucedido, por cómo creía yo que Lara había experimentado el amor, por cómo lo habías hecho tú, Sophie, por todo aquello que yo no había conseguido habitar. De nuevo, pura heterocronía.

Más tarde Dominique reflexionó acerca del modo en que el daguerrotipo de las torres humeantes venía al presente para romper un régimen particular de las imágenes. Era, decía, la única imagen singular del gran acontecimiento contemporáneo. De la caída de las Torres Gemelas se habían tomado todas las fotos posibles, imágenes múltiples que mostraban el acontecimiento desde todos los puntos de vista y que circulaban sin cesar por todos los lugares. Y sin embargo esa pequeña imagen era la única imagen singular, la imagen que no podía ser reproducida. Porque el daguerrotipo era –y Dominique enfatizó el sentido poético de la frase– «un espejo con memoria». Había en el objeto algo del acontecimiento real. Allí permanecía todo aquello que se había perdido en la repetición y saturación de las imágenes. Había una verdad latente, una huella. En el espejo. En la memoria.

–La imagen corta el flujo de significado –dijo–. Es una imagen-parada, una imagen-freno.

160

Me di cuenta de lo cerca que estaba Dominique de todos los teóricos franceses a los que yo leía y admiraba. Y pude comprobar durante la charla su brillantez, su capacidad de análisis y su ingenio para construir todo un discurso sobre el tiempo en torno a una sola imagen. Porque eso es lo que consiguió hacer durante la conferencia: llevar al público, conducirlo de un lado a otro a través de la fotografía que le había servido como disparadero.

Se refirió después a otros ejemplos de anacronismo y saltos en el tiempo. Y mirándome directamente, como un guiño a las películas, se demoró especialmente en *American History Reinvented,* una serie de fotografías en blanco y negro, realizadas por Warren Neidich en los años noventa, que mostraban vistas aéreas de algunas batallas de la Guerra Civil norteamericana. A priori, nada extraño sucedía en las imágenes, pero tras mirarlas un momento uno advertía que allí había algo que no estaba como debiera estar.

Los aviones aún no surcaban los cielos en 1885. Que no advirtiéramos nada extraño en un primer vistazo revelaba hasta qué punto nuestros contemporáneos modos de ver y mirar inventan el pasado. En las imágenes, decía Dominique, proyectamos nuestro futuro hacia el pasado. Exactamente lo contrario del daguerrotipo de las Torres Gemelas. Mientras que allí el pasado regresaba para convertir el presente en un ayer, en esas fotografías nuestro inconsciente óptico enviaba el modo de ver del presente hacia el pasado.

–Son dos maneras de mover el tiempo –concluyó–. Pero también dos maneras de constatar que, en el fondo, el tiempo, como decía Hamlet, está fuera de quicio, trastornado, cortocircuitado.

El aplauso fue unánime. Dominique había impartido una conferencia magistral. Me acerqué a él y le di la enhorabuena de modo sincero, intentando que mi felicitación no sonara a cumplido. No me demoré demasiado. Era su día y no quería entretenerlo. Todo el Clark esperaba pacientemente formando una cola improvisada para felicitarlo y agradecerle su charla.

Busqué a Francis con la mirada, pero no pude encontrarlo. Ese día estaba dispuesto a hablar con él. Llevaba pensando en eso toda la semana. Todavía me avergonzaba de mi huida la tarde en que salí corriendo al pasar por delante de tu casa. Crucé la sala buscándolo, pero no estaba por ningún lado. A quien sí encontré fue a Rick. Me topé con él al acercarme a las mesas en las que se servía el vino tras la conferencia. Apenas habíamos cruzado una palabra desde que lo había descubierto saliendo del apartamento de Anna. En realidad, casi no nos habíamos visto después del viaje, y nuestra relación se había vuelto fría e incómoda. A pesar de todo, yo no tenía nada contra él; en ningún momento lo había culpado de lo sucedido con Anna.

—Qué gran conferencia, ¿verdad? –dije.

—Excepcional. Muy interesante –contestó como si mi normalidad lo hubiera tranquilizado.

Con la copa de vino en la mano sugirió que lo acompañara a fumar al exterior. Salimos a la parte de atrás del Clark, la que da hacia la colina. Anochecía, pero aún quedaba algún resquicio de luz. Rick dejó la copa sobre uno de los maceteros que había junto a la puerta y comenzó con parsimonia a liar un cigarro.

—Martín, sé que me viste.

—No importa –respondí para no violentarlo–, lo entiendo.

Él levantó la vista del cigarro y frunció el ceño.

—¿Lo entiendes? ¿Qué entiendes?

—No hace falta darle más vueltas. Es normal. Tengo que aprender a aceptarlo. Lo estoy intentando.

—¿Normal? Eres la primera persona a la que oigo decir algo así. A mí no me parece... ¿normal?

—Pero...

—Anna es especial –dijo sin dejarme terminar–. Lo habrás notado ya. Seguro que sí. Nada es normal en ella. –Hizo una pequeña pausa. Encendió el cigarro. Aspiró con fuerza el humo y lo exhaló como si estuviera pensando la forma de decir–: Hacía mucho que no teníamos sexo, prácticamente desde que lo dejamos. Me lo pidió y no supe cómo decirle que no.

—No tienes por qué excusarte.

—No es una excusa. No quiero volver a caer allí. Fue un accidente y no quisiera que volviera a suceder. No lo digo por ti, Martín. Lo digo por mí. No creo que esté preparado para volver a estar cerca de ella.

—Estuvisteis...

—Sí, estuvimos, hace algún tiempo. Y no salió bien.

163

Fue intenso, no te lo voy a negar. Y hubo momentos buenos. Pero Anna... quería algo que yo no podía ofrecerle. Era como estar con un muro, o como encontrarse a veces ante una fosa sin fondo. Hay algo en ella que no se puede llenar.

–Creo que he empezado a comprenderlo.

–No, Martín, Anna no está bien. No está bien en serio. A veces está en el límite. Y en esos momentos hay que tener cuidado. Nuestra relación se rompió porque no me perdonó que la obligase a acudir a un psiquiatra. Pasó un mes y medio internada. Me odió por romper su creatividad y apartarla del único lugar que le importaba.

–Quizá necesita que la protejan, que la miren...

–No te engañes. No hay protección posible. Lo único que realmente necesita es el arte. Eso sí que te lo puedo decir. El arte es lo único que la mantiene a flote. –Se quedó unos momentos con el humo en la boca y comenzó a hablar expulsándolo–: El arte es lo que la lleva al abismo pero al mismo tiempo es lo que la salva. Es allí donde ella se encuentra. Muchas veces he pensado que el arte es una impostura. Hay artistas que hablan del trauma y del genio y que no son más que impostores. Pero Anna no. Anna es auténtica. Es una artista genuina. Y el arte es para ella una garantía de salud. Es cuestión de vida o muerte. Para nosotros es un trabajo, una inquietud, un interés..., pero creo que podríamos llegar a vivir sin arte. Yo, al menos, podría. Y estoy convencido de que tú también. Pero ella no. Para ella todo es arte. Las fotos borradas son arte, pero también su vida, cada momento, cada instante, cada mirada..., todo forma parte de lo mismo.

–Lo sé, yo también...

–¿Qué crees que significa si no *Fuisteis yo?* –continuó sin dejarme terminar–. Es un proyecto de vida. Eso es lo que la ha sacado de la oscuridad en la que estaba perdida. Es lo que la está manteniendo a flote. Y debes tenerlo claro. Si realmente quieres acompañarla y estar con ella has de saber que nunca llegarás a donde llega el arte; como mucho serás una parte más de un proceso. Yo fui una parte. Creo que tú estás siendo otra. Y debes decidir si estás dispuesto a estar detrás, siempre detrás, a no poseerla jamás.

–Creo que estoy dispuesto a intentarlo –dije, sin saber muy bien si realmente había asimilado todo lo que Rick acababa de decir de corrido. Eran demasiadas cosas. Algunas las había entendido. Otras, más o menos. Pero ninguna de ellas había conseguido alejarme, sino todo lo contrario. Estaba realmente dispuesto a intentarlo.

–Y luego, claro, están las caídas. Yo he caído con ella en alguna ocasión. Mi único consejo es que ahí te mantengas al margen. El lugar al que te puede llevar es demasiado oscuro.

–Lo intentaré todo –dije, enfatizando «todo»–. Lo probaré todo. Merece la pena, ¿no?

–¿La merece?

6

La conversación con Rick me hizo pensar, aunque en el fondo no me descubrió nada nuevo. De alguna manera ya intuía todo lo que me dijo. Y aun así estaba dispuesto a probar. Había algo en Anna que no quería dejar pasar. Y ese algo, aunque te pueda extrañar, tenía que ver con el arte. Lo pienso ahora y estoy convencido de ello. Rick había dicho que todo en Anna era parte de una gran obra de arte. Y ciertamente en nuestro sexo, en nuestra relación, había algo de performance; pero no como impostura o actuación, sino más bien como un suplemento de intensidad estética, una toma de conciencia de todos y cada uno de los movimientos del cuerpo; un modo de habitar y experimentar el tiempo aquí y ahora; casi de tocarlo, de saborearlo, de sentirlo como una dimensión tangible. Había algo en nuestro modo de amarnos que hacía que todo se frenase y nuestros sentidos se pusieran alerta.

Tuve la ocasión de experimentarlo varias veces más durante las semanas que siguieron a la conferencia de Dominique. Habíamos entrado en mayo y la primavera había comenzado a llevarse el frío del invierno. No volvimos a hablar de su caída con Rick; hicimos como si no hubiera sucedido –aunque en el fondo no dejara de estar presente–. Y comenzamos a abrirnos. Poco a poco. Noche tras noche.

Me costó volver a romper la barrera de hermetismo que ella había interpuesto entre nosotros al intuir que yo no creía que las fotos hablasen. Pero paulatinamente volvimos a establecer la confianza. Me dejé llevar. Me apasioné con todo lo que ella significaba. Y creí que la mejor manera de estar a su lado era estar cerca de su arte, convertirlo todo en arte, experimentarlo como arte, como acción plena, intensa, llena de sentido.

Muchas noches, después del sexo, antes de dormir, hablábamos de su proceso creativo, de lo que pensaba cuando borraba las imágenes, de lo que suponía para ella. Llegué a la convicción de que estaba ante una artista verdadera; que el arte, o algo que llamamos arte pero que realmente podríamos denominar de otra manera, la poseía por completo. Estaba en ella como una especie de presencia real.

El arte se convirtió para nosotros en una especie de sutura entre los cuerpos. Fue en esos momentos cuando verdaderamente volví a encontrar sentido a todo eso que un día me había conquistado y de lo que luego prácticamente había renegado. El arte volvió a poseerme. Es curioso que para hacerlo hubiera tenido que transformarse en vida.

En esos días reflexionamos también sobre lo que podíamos hacer con las películas. Yo seguía preguntándome cómo se iba a formalizar la exposición. Ella aún no lo tenía claro, pero su intención primera era exponer las fotografías borradas alrededor de la sala y crear en el centro una especie de caja negra en la que se proyectasen en *loop* todas las películas. «Una sombra como centro de la desaparición.» Un cubículo, la gran caja negra, rodeado por mis textos, si es que al final conseguía escribir alguno.

No me presionó sobre la escritura. Desde el principio estaba convencida de que lo importante era la experiencia. Si al final del recorrido no lograba escribir nada, o muy poco, una página, no importaba. Lo único que tenía claro era que debía ser sincero, verdadero, como su arte, y que tenía que arriesgar.

–El arte es una cuestión de vértigo –decía–. No hay suelo debajo.

A mediados de mayo ya había terminado prácticamente su proyecto y había borrado gran parte de las imágenes. Yo nunca había visto nada. Nadie la había visto trabajar. Por eso sus palabras me sorprendieron:

–Mañana borraré la última serie. Quiero que estés conmigo.

Anna me abría su corazón y me revelaba, ahora sí, el más precioso de sus secretos. Imaginé que eso era lo más cerca que podría llegar a estar de ella. Más incluso que mirándola a los ojos. Porque allí, como después comprobé, estaba ella toda. Pura presencia. Totalidad sin fisuras. Allí se pegaban los fragmentos de su identidad. Allí se reconstruía el cúmulo de ruinas de su interior.

Llegamos al edificio de Stone Hill a media mañana. Atravesamos las salas de exposiciones vacías y, tras bordear los talleres de restauración, entramos en su estudio. Mientras se ponía una bata blanca llena de salpicaduras oscuras me sugirió que tomara uno de los taburetes altos que había en una esquina y me sentará cerca de ella.

–Intentaré imaginar que no estás aquí –dijo. Y a partir de ese momento ya no volvió a dirigirse a mí.

Yo recordaba cada una de las palabras que me había dicho sobre el proceso y no podía evitar que resonaran en mi mente mientras contemplaba su ritual.

Bajó las persianas y encendió un flexo que iluminó la pila de fotografías dispuesta en el centro de una gran mesa de metal. «Sólo luz artificial», recordé. Lo primero que hizo fue tomar las imágenes en sus manos y observarlas con detenimiento, una tras otra. Después eligió una de ellas. «Espero a que la imagen me llame, a que esté dispuesta a abrir su historia.» Se quedó un buen rato mirándola fijamente. No sé cuánto, pero seguramente más de diez minutos. «Es el momento más importante; cuando la historia se despliega ante mí. Antes de borrarla la miro por última vez. Intento guardarla; es un acto doloroso, el más terrible; pero es necesario; es ahí donde consigo ser yo, por un momento. Quizá no sea la historia verdadera la que se abre, quizá imagino algo que no ha ocurrido jamás, pero no importa; en ese momento soy yo; soy yo en la imagen, en el otro; su historia me pertenece; o yo pertenezco a la historia, a la imagen; soy yo ahí.»

Después de mirar la fotografía durante un tiempo, de intentar retenerla, o de buscarse en ella —no sé realmente todo lo que pasaría por su cabeza—, comenzó el proceso de borrado. Acercó el flexo a la imagen y tapó con un pequeño adhesivo transparente una de sus partes. «Las manos, siempre las manos; será porque todos tenemos manos, porque ahí puedo ser yo más que en un rostro.» Tras cerciorarse de que estaba bien pegado, abrió uno de los frascos de disolvente e impregnó un disco de algodón. Comenzó entonces el proceso de borrado. Minucioso, lento, pausado. Parecía estar desmaquillando la imagen, quitando la apariencia para dejar lo real. El olor del disolvente comenzó a meterse en mi cabeza. «Es la cantidad justa para no dañar el papel de la foto. He roto demasiadas hasta encontrar la proporción precisa. No quiero quemar el papel, sólo eliminar la imagen, limpiar, borrar, hacerla desaparecer.»

Yo la observaba como quien mira a un mago hacer un truco de magia. Me estaba enseñando el proceso, me mostraba el lugar en el que se produce el encantamiento, me había abierto el taller, me había desvelado lo que había detrás de las imágenes; y aun así aquello seguía pareciendo magia. Podía entrever cómo la imagen comenzaba a borrarse. El papel se aclaraba al mismo tiempo que el disolvente del frasco se oscurecía al contacto con el algodón. Las sales negras de la fotografía teñían de sombra el líquido transparente. Allí, literalmente, se diluían las imágenes.

El proceso de borrado era como una pequeña coreografía de dedos. Un dibujar al revés, con la parte de atrás del lápiz. El tiempo se invertía. La imagen se deshacía. Todo sucedía con una lentitud extrema. Ella acercaba su rostro a la imagen, como si quisiera acompañar con su piel el desvanecimiento de la imagen. El movimiento continuo y circular de la mano y los dedos, el rostro en trance de Anna, recordaba a los ritmos del sexo. La repetición, los movimientos continuos, rascar, frotar, restregar..., todo tenía un toque sensual que me recordaba el modo en el que se desarrollaban nuestros encuentros. Sin agresividad, como una caricia continua. En ningún momento Anna apretaba con fuerza el algodón; simplemente lo pasaba sobre la fotografía una y otra vez, como si se tratase de un truco de magia en el que la imagen desaparece y cambia de lugar, del papel a la retina.

170

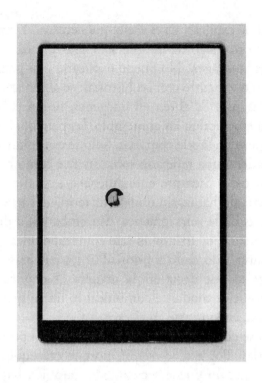

Tardó algo más de media hora en borrar la imagen.
Más tarde le pregunté en qué pensaba mientras borraba.

–Simplemente hago –dijo–, borro, muevo las manos,
es el cuerpo. Soy sólo cuerpo. La historia ya está en mi retina, ya la he hecho mía. Pero el borrado es automático. Las manos se mueven solas. Y no pienso en nada. Es
como caer. Caer y salvarse. La pequeña reserva, el pequeño
punto que se conserva, es una especie de ancla, un punto
de apoyo. Es como sumergirse en un vaciamiento. Siento
que yo también me vacío. Pero no pienso en nada. Sólo
borro. Y siento, es verdad. Siento ese vacío. Pero no caigo
del todo. Porque la imagen nunca acaba de irse. Está el
punto. Y está mi memoria. Además, la imagen ya ha desaparecido mucho antes. Ya no queda nadie para recordarla.

171

Es difícil de explicar. Es el vacío que necesito. Y también el encuentro con algo de mí que sólo aparece ahí, en lo que queda de la imagen. No puedo explicarlo con palabras. Es lo mismo que ocurre con las historias: se abren ante mí, las veo, todas, ahí. Se abren en imágenes, no en palabras; se abren en emociones: las contemplo, las percibo, las experimento, pero no sabría contarlas. Sólo sé que están ahí.

Encadenó una reflexión sobre su arte como nunca antes había oído. Siempre había dicho que prefería hacer a decir. Pero allí había, sin duda, una teoría del arte, un sentido detrás de la pura práctica. Sin embargo, a diferencia de lo que suele ocurrir en el arte contemporáneo, el sentido no había sido dado a priori. Por las palabras de Anna intuí que lo que decía era la manera de explicar lo que sentía, el mejor modo de comunicar lo único que a ella le importaba, encontrarse en el vacío.

—No sé contar historias —continuó—, pero puedo experimentarlas. Por eso te escribí, porque creo que, aunque hay algo que no puede ser contado, también hay mucho que sí es posible decir. Y yo no sé cómo hacerlo. Cuando encontré las películas no supe cómo borrarlas. Sentí, de hecho, que ya habían sido borradas, que allí faltaba algo antes incluso de empezar a borrar. Y que ese algo que falta y que no he logrado percibir debe ser escrito. Quizá en el fondo, a pesar de todo, sigo confiando en el lenguaje. En el tuyo, no en el mío. Y creo que puedes hacerlo. Contar la historia. Una historia posible.

Creo que ése fue el día que más cerca estuve de Anna. Primero, en una esquina del estudio, contemplándola; y luego, en la cama, hablando de lo que pensaba, de las imágenes, de las historias, de lo necesario que todo aquello era para ella. Creo que percibió la cercanía, y la comunión, y sintió que verdaderamente la comprendía. Porque es verdad, Sophie, al verla entregada a las imágenes sentí que todo aquello tenía sentido, que Anna tenía razón, o que su razón tenía una lógica, y que yo quería habitar en esa lógica, al menos en ese momento, al menos mientras estuviese cerca de esa Anna que había conseguido desprenderse de todos los velos y había puesto frente a mí lo más sagrado para ella, su arte.

Esa noche, cuando tomé sus manos para besarlas, percibí aún el olor del disolvente. Por un instante, me imaginé que en aquellos dedos estaban los restos de la imagen. En ese momento constaté que las imágenes no sólo son abstracciones visuales; huelen, se tocan, tienen sabor, consistencia, materia. Las imágenes son cuerpo. Cuerpo evanescente, pero cuerpo al fin y al cabo.

Los días siguientes me enfrenté de nuevo a las películas. Me sentía cercano a Anna. Estaba poseído por su visión y su sentido del mundo. Es cierto que, como había dicho Rick, el arte no llegaba a ser para mí una cuestión de vida o muerte, pero sí que se había convertido en una necesidad. Anna me lo había contagiado. Y frente a las películas comencé a sentir que algo faltaba desde el principio. La sombra funcionaba como ese punto de reserva que Anna ponía en las fotografías, aunque en aquella ocasión fuese un punto negativo. O quizá fuera al revés. El paisaje era la reserva y la sombra era lo que se había borrado. No sé, Sophie, pensé muchas cosas. Pero tuve claro que algo faltaba y que yo tenía que comenzar a escribir sobre esa falta.

En cierta manera todo esto no hizo sino corroborar lo

que ya había comenzado a pensar, que la imagen era un diálogo y que era yo quien debía comenzar a hablar con ella.

No pasaron muchos días, quizá menos de una semana, para que las cosas cambiaran del todo. Lo recuerdo perfectamente: Anna abriendo la puerta del sótano, sudando y con la respiración entrecortada; había bajado corriendo desde Stone Hill hasta allí.

—Martín, ha llamado.

—¿Quién?

—El coronel, el hombre de Folck's Mill.

Intuí lo que ocurría.

—Las películas —dijo—. Tienen dueño.

V. La imagen verdadera

La imagen verdadera del pasado es una imagen que amenaza con desaparecer con todo presente que no se reconozca aludido en ella.

WALTER BENJAMIN

1

Incluso sin haber visto nada, Steve Hart, un contable de una pequeña empresa de Vermont, decía estar convencido de que las películas eran obra de su padre, muerto hacía ya más de diez años. Anna había logrado hablar por teléfono con él y estaba encantado de recibirnos en su casa de Northfield, a unas dos horas de Williamstown, no demasiado lejos de la frontera con Canadá.

Esta vez alquilé yo el coche y viajamos los dos solos. Salimos temprano, el penúltimo sábado de mayo, un mes y medio antes de que finalizara nuestra estancia en el Clark Institute. Casi no hablamos durante el viaje; todo lo que nos teníamos que decir ya lo habíamos comentado la noche anterior. Aun así, pocos kilómetros antes de llegar, no pude evitar preguntarle:

–¿Sigues pensando que es mejor no saber? ¿Incluso cuando la realidad está ahí delante?

–No estoy segura –dijo sin ladear su mirada de la carretera–. Siento que comienzo a perder pie. Ahora no tengo claro nada sobre nada.

El GPS nos guió hasta la parte delantera de la casa, al final de una extensa arboleda. Serían poco más de las once de la mañana. El sol se introducía entre las hojas de los grandes pinos que rodeaban la casa. Uno de los árboles, el más grande, me trajo a la memoria la película de Jackson Mac Low cuyo recuerdo aún tenía presente. Aparqué el coche en la acera y me dispuse a bajar. Anna permaneció sentada, inmóvil, como si aún no tuviese claro si bajar o darse la vuelta. Después de unos segundos salió del coche en silencio y me acompañó a través de un pequeño jardín. Antes de llegar a la altura del porche, la puerta de la casa se abrió y en el umbral apareció un hombre corpulento, con el cráneo afeitado y unas grandes gafas de metal que le cubrían prácticamente todo el rostro.

–Buenos días –dijo acercándose a nosotros–, llevo esperándoles toda la mañana.

Steve nos saludó tendiéndonos la mano y, sin demorarse demasiado, nos condujo hacia el interior de la casa. Al llegar al salón nos sugirió que nos sentáramos en uno de los dos sofás de cuero que flanqueaban una pequeña mesita de cristal y nos preguntó si deseábamos café, té o zumo.

–Café –dijimos casi al unísono.

–Lo preparo en unos segundos y hablamos de las películas. A eso han venido, ¿verdad?

Siempre me han resultado extraños los momentos previos a las conversaciones que uno desea tener. Muchas veces se pierde un tiempo precioso en los preámbulos, dando vueltas en torno a cuestiones anodinas que siempre retrasan el verdadero objeto del encuentro. Esta vez, sin embargo, no hubo demasiados rodeos. Steve ni siquiera preguntó por el viaje. Tuvo la cortesía justa para ofrecernos un café; pero ya desde el principio dejó trazado el tema de conversación.

No tardó demasiado. Todo parecía preparado para no perder un segundo. Dejó el café sobre la mesita, hizo un gesto mostrándonos las tazas y el azúcar y, sin dilación, mientras se sentaba en la butaca que había junto al sofá en el que estábamos, dijo:

–Veamos las películas. Una imagen vale más que mil palabras. ¿No dicen eso?

Anna sacó el portátil de la mochila. Lo puso sobre la mesa, lo abrió, buscó el archivo de una de las películas y movió la pantalla hacia Steve.

–No tiene sonido –dijo ella. Él asintió y, con las dos manos, fijó con fuerza las gafas contra su rostro.

Dejamos un tiempo para que observase la imagen. No fue necesario explicarle que, aunque parecía una foto, el vídeo ya había comenzado; lo percibió desde el primer instante.

–Es su película –dijo a los pocos segundos–. Y su silueta. La puedo reconocer. La reconocería a miles de kilómetros. Las sombras son inconfundibles.

Conforme decía eso observé cómo se le humedecían los ojos detrás de las gafas de metal.

–Creía que habían desaparecido para siempre. ¿Cómo las han conseguido? ¿Dónde?

–Las compré en un anticuario de New Jersey –contestó Anna–. Estaban en dos grandes maletas, junto a varios paquetes de fotografías.

–¿Las fotos? No me digan que también tienen las fotos.

Anna me miró durante unos segundos y dudó en la contestación:

–En cierto modo... Aunque ya no existen... del todo.

–¿Cómo?

–Es su trabajo como artista –agregué, intuyendo que Anna no sabía cómo contestar. Y le expliqué brevemente que ella borraba las imágenes que habían perdido la memoria.

179

Steve se dejó caer en el sillón, se pasó la mano por la cabeza afeitada y cerró los ojos por un instante, como si estuviera tomando aire para proseguir.

–No podía saber que le pertenecían –se excusó Anna.

–No importa –admitió–. Esas fotos... son el pasado. Me habría gustado verlas. Pero no siempre se consigue todo.

Dijo eso en un tono muy sereno, con la misma cordialidad con que nos había recibido.

–No pasa nada –repitió–. Las películas y las fotos no me pertenecen. Nunca lo han hecho. Él las abandonó; así que es lógico que no quisieran regresar. Ya es bastante que haya vuelto a saber de ellas.

–¿Él? –pregunté.

–Mi padre. Necesitaba apartarse de las imágenes. Eso me contó. Por eso decidió dejarlas todas en esas maletas cuando nos mudamos de casa a principios de los setenta. Fueron tiempos difíciles. Mi madre murió cuando yo tenía cuatro años. Apenas llevaban seis casados. Él no pudo superarlo. Nunca. Aunque durante un tiempo pareció haberlo olvidado.

Tomó la taza de café con las dos manos, se volvió a reclinar y, tras beber con parsimonia, continuó:

–Creo que esta historia no se la he contado nunca a nadie. Tampoco he tenido oportunidad de hacerlo. No sé si la quieren oír. Intuyo que sí. Si han venido hasta aquí, es porque quieren saber.

–Claro –dije.

Miré a Anna y advertí cómo se acomodaba en el sofá tomando un cojín entre sus brazos, como si se preparase para escuchar un cuento infantil. Yo bebí otro sorbo de café y percibí una extraña emoción interior, como la que uno siente momentos antes de abrir un regalo; una expectación que va más allá de la mera sorpresa y que tiene que ver con expandir el máximo tiempo posible la sensación de misterio; como cuando uno desnuda poco a poco un cuerpo y se demora en quitar la ropa, bajando el tirante del sujetador con lentitud, desabrochando la camisa botón a botón, intentando prorrogar al máximo la excitación. Así sentí yo lo que estaba a punto de suceder. Y me habría gustado poder ralentizar el tiempo para degustar un poco más el sabor de la incertidumbre.

2

–Las películas eran formas de recordar a mi madre –dijo–. Mi padre lo confesó al final de su vida. Se conocieron en aquellas ruinas, durante el tiempo en que trabajaba como mecánico en un taller de Cumberland, a finales de los años cuarenta. Era su lugar, su paraíso. Todos tenemos siempre un paraíso, ¿verdad? Mi padre y mi madre, por alguna razón, establecieron el suyo en las ruinas de...

–Folck's Mill –puntualicé.

–Exacto. En aquellos muros de piedra a punto de caerse ellos tuvieron su espacio propio, sin saber siquiera todo lo que había sucedido en el pasado. Después se casaron y se mudaron a un pequeño pueblo de New Jersey. Pero supongo que aquel lugar primero ya no se fue de su memoria. Y después de la muerte de mi madre él volvió varias veces allí, para recordarla, para evocar su ausencia o simplemente para estar allí y refugiarse del presente. En aquel tiempo había comenzado la defensa de las ruinas frente a la construcción de las grandes autovías del Estado. Y mi padre tomó parte en aquella lucha. No quería, supongo, que desapareciera su paraíso. En un intento de preservar el lugar en el que había sido feliz, decidió filmarlo. Y quiso regresar cada

182

año, para asegurarse de que todo seguía en el mismo lugar, para volver a contemplar lo que ya había visto, o qué sé yo, para que nada se borrara del todo.

Tras decir esto último, Steve se quedó un tiempo con la mirada perdida en el suelo. Yo no sabía si había terminado su relato o quedaba algo más por contar. Para evitar el silencio incómodo le pregunté por el nombre de su padre, que aún no sabía, y por el tiempo que hacía de su muerte.

–Once años ya. Él sí pudo morir de viejo. Jackson, se llamaba. Jackson Hart.

Cuando escuché «Jackson», por una milésima de segundo imaginé que después iba a decir «Mac Low». Habría sido el azar absoluto. Me resultó curioso que esta idea cruzase por mi cabeza aunque fuese de modo tan fugaz.

–Su padre fue un gran artista –dije.

–¿Artista? Mi padre nunca quiso hacer arte. Dudo siquiera que supiese lo que significaba esa palabra.

–Esas películas son puro cine experimental –apostillé–. El sentido del tiempo, la mirada..., ahí está mucho del arte que vino después.

–Siento decepcionarle. Mi padre era un simple mecánico. Tenía una cámara de cine porque de alguna manera había sabido arreglarla. Pero nada más. Sólo intentaba recordar. Y no es necesario el arte para eso.

En ese momento miré a Anna. Agarraba el cojín con fuerza. Estaba abducida por la historia. Incluso más que yo.

–Mi padre no era un artista –continuó Steve–. Era un hombre sencillo. No creo que pensara que al filmar el lugar donde había estado con mi madre estuviese intentando recuperarla. Simplemente lo hacía. Sentía que tenía que hacerlo y ya está. Cuando al final de su vida me contó todo esto y le pregunté por qué había tomado aquellas

183

imágenes, su respuesta fue clara: «Porque tenía que hacerlo, porque me hacía bien.» Y tenía razón; le hacía bien. Al menos durante un tiempo. Hasta que conoció a otra mujer. Hasta que la necesidad se fue adueñando de los recuerdos. Mi abuela lo ayudó todo lo que pudo. Pero un niño precisa de una madre. Quizá por eso mi padre no tardó demasiado en volverse a casar. Los hombres necesitan estar casados, ¿no es así?

–Quizá –contesté después de unos segundos de silencio. Había creído que se trataba de una pregunta retórica.

–¿Están ustedes casados?

–No –dije, sonriendo pero taxativo. Anna también negó con la cabeza.

–Pero son pareja. Se les nota. –Ambos sonreímos–. Siempre he sabido identificar a los enamorados.

Conforme decía eso me acordé de nosotros, Sophie. También se nos notaba, por mucho que quisiéramos esconderlo. Recuerdo la vez que viniste conmigo al Congreso de Historiadores del Arte en Chicago. Lara ya había regresado a España y Francis estaba de viaje. No le robábamos el tiempo a ninguno. Allí no fuimos capaces de ocultarlo. Aunque no nos besáramos ni nos cogiéramos de la mano, aunque tú fingieras estar allí por otras razones y nadie nos viese caminar pegados hacia el hotel. Se nos notaba. Las miradas, la cercanía, la preocupación de uno por el otro, el deseo postergado, los pequeños roces de nuestros cuerpos al pasar. No había razón para ocultarlo. Francis lo sabía, Lara lo sabía. Ellos eran los únicos que importaban. El resto daba igual. Pero estaba el respeto. Eso era fundamental; fuiste tú quien me lo enseñó. Y ese respeto pasaba por guardar las formas. Nosotros lo comprendíamos, pero no podíamos aspirar a que los demás lo hicieran. Hay normas, decías, no todo vale. Y, aun así, se nos notaba. Lo sé.

184

Incluso más que ahora, con Anna, cuando ya no había nada que ocultar.

Respeto. Ésa fue también la palabra que utilizó Steve para continuar su relato. Por respeto a su nueva mujer, Jackson Hart dejó de viajar a Folck's Mill. Y poco a poco las películas comenzaron a pasar a segundo plano.

–Apartó de la vista todas las imágenes. Las películas que había filmado, pero también todas las fotos de mi madre. Eran el pasado. Y su nueva mujer necesitaba el presente. Un presente al que mi padre no pudo renunciar. Tuvieron dos hijos juntos. Creo que fueron felices; todo lo feliz que uno puede ser. Y yo también lo fui con ellos. Él consiguió un trabajo en St. Johnsbury, cerca de aquí, y en la mudanza decidió dejar allí todas las imágenes. No las tiró, simplemente las abandonó. En ese momento creyó que era necesario. No sé por qué lo hizo. Fue excesivo. Se lo recriminé en alguna ocasión. Pero él siempre decía lo mismo: «Sólo eran fotos, papel; películas, celuloide.» Ella estaba en su recuerdo, en su memoria, eso sí que era algo. Allí estaban los restos de su cuerpo, sus emociones, lo que había vivido. Eran mucho más que imágenes. Era la vida, la única posible. Y de allí ya nunca se borraría. O al menos eso fue lo que él creyó. Y dudo realmente que se borrara del todo. Porque al final de su vida, en los últimos años, comenzó a hablar de nuevo de aquellas imágenes. Creo que no se lo dijo a nadie más que a mí: «Las echo de menos», dijo, «las imágenes.»

–¿Y no intentó usted buscarlas? –pregunté casi instantáneamente, como si fuera un niño impaciente por saber el final de una historia.

–Lo hice, sí. No tanto las películas como las fotografías. Sólo me quedaban unas pocas imágenes de mi madre, las que había conservado mi abuela. Todas las demás, toda la vida con mi padre, había desaparecido. Aunque confieso que no busqué demasiado. Más bien hice el ademán de intentarlo. Probé algo, llegué a la que había sido nuestra casa. Pero hacía mucho tiempo que todo había sido vendido. Era como buscar una aguja en un pajar. Eso fue lo que le dije a mi padre. Además, ¿de qué me servían a mí, de qué me servía obsesionarme con ellas si realmente no iba a poder conseguirlas? Comencé a contentarme con que aún conservaba el tacto de mi madre. Eso no se va jamás. Como imagino que mi padre tampoco se olvidó nunca de ella. Seguro. Y aun así, como les digo, al final de su vida deseó las imágenes. «Ahora me hacen falta», decía. «Creo que la he olvidado. Las imágenes me ayudarían a recordar.»

Nosotros tampoco tuvimos imágenes, Sophie. Nunca nos hicimos una fotografía. Nunca te pedí ninguna para conservarla. Confiamos todo a la memoria. Quisimos ser puro presente. No dejar huellas porque no había camino que volver a trazar. No establecer cimientos porque no había edificio que construir. El relato de Steve me hizo pensar en esto con más detenimiento. Y mientras él hablaba fui consciente de que yo tampoco podía recordar tu rostro. Cuando, tras mi vuelta, te sentí al pasar cerca de tu casa no le di importancia. Tampoco durante los meses posteriores. Pero en ese momento lo tuve claro. Eras una nebulosa. Una sombra. Y quizá a mí también las imágenes me habrían servido para volver a evocar tu rostro, que seguía velado por la bruma del pasado.

3

Steve concluyó su relato visiblemente afectado, con lágrimas en los ojos. Es posible que hubiera estado esperando toda una vida para contar aquella historia, aguardando a que alguien quisiera escucharla. Ahora, cuando la escribo y la veo sobre el papel, me doy cuenta de que está llena de saltos y discontinuidades. Y me percato de que todo es demasiado lírico, excesivamente literario. La realidad se convierte en ficción cada vez que se transmite. Y estoy seguro de que la historia que Steve nos contó aquel mediodía de mayo tenía mucho de ficción. Pero no importa. Al menos, a mí no me importó en ese momento. Me había tocado por dentro; eso era lo esencial. Y creo que a Anna también. La había notado seguir cada movimiento, cada pausa, cada giro de la historia, como si estuviese entregada a todo lo que Steve relataba. Lo que habíamos escuchado, en el fondo, era una visión del mundo muy semejante a la suya. Para Jackson Hart lo único importante era recordar. De una manera u otra. Quizá eso fue en última instancia lo que aprendimos de la historia: que las imágenes sirven para recordar, que en ocasiones hay imágenes que ya no recuerda nadie, y que otras veces, en cambio, no quedan imágenes para dar cuerpo a los recuerdos.

—¿Qué han pensado hacer con las películas? —preguntó sin apenas darnos tiempo para asumir todo lo que había contado.

Anna se quedó en silencio. Parecía en estado de shock. Por la historia y quizá también por haber borrado las imágenes. Después de unos segundos, yo dije que, aunque era decisión de Anna, pensábamos exponerlas, y que supuestamente junto a ellas iría el texto que yo tendría que escribir, o que tenía que haber escrito:

—La historia para aquello que no tenía historia y que ahora ya la tiene —dije.

—Nadie entenderá esa historia, y no sé si me gustaría que fuese revelada. Mi padre siempre quiso guardar todo en secreto. Las imágenes eran sólo para él. Nunca las mostró. Estaba convencido de que nadie podría ver allí todo aquello que él veía. De todos modos, como he dicho, no me pertenecen. Pueden hacer con ellas lo que deseen, son suyas.

Dijo esto con total sinceridad. En su tono no se advertía nada parecido a un chantaje emocional.

—La gente tendría que conocer que su padre fue un pionero —insistí—. En esas películas hay una potencia, un sentido del tiempo, toda una teoría de la mirada.

—En esas películas sólo hay recuerdos. Y hay algo más que nadie podrá comprender. Hay amor. Y nostalgia.

—Buscaremos un modo, una manera —dijo por fin Anna—. Siempre la hay. Un modo de hacer justicia a la memoria.

Steve la miró con afecto, sonriendo:

—No sé por qué lo creo, pero estoy seguro de que lo harán.

188

Nos despedimos y salimos de la casa prometiéndole que lo mantendríamos informado hiciéramos lo que hiciéramos.

Steve me pareció un buen hombre; me lo había parecido desde el principio. Por algún motivo, mientras hablaba, sentí en todo momento la presencia de su padre. Había en él algo de aquella sombra que había estado en mi cabeza durante todos esos meses.

Al marcharnos de allí, mientras avanzábamos por el pequeño camino de piedras que atravesaba el jardín, giré la mirada hacia la puerta y el corazón casi me dio un vuelco. Tras el cristal pude ver la sombra. Era la silueta de Steve. Idéntica a la de su padre. Pensé entonces que las sombras en el fondo no dejan nunca de caminar con nosotros. Se quedan ahí. Nos cobijan. Son ecos del tiempo.

4

–Tenemos que devolverlas –dijo Anna con determina-
ción nada más subir al coche–. Es lo justo.

–¿Cómo?

–Las películas. No nos pertenecen. Aún queda alguien
que las puede recordar.

–Pero... ¿y la exposición?

–Ya encontraremos la forma.

–¿Y las fotografías? Están todas borradas, ¿no?

–No todas.

–¿La mujer?

–Sí. Ahora entiendo por qué me hablaba.

No supe qué responderle. Simplemente la creí. En ese
momento nada me pareció extraño. Volví a preguntarle
por la exposición.

–Devolver las imágenes es la solución perfecta –dijo
tras unos segundos–. He pensado mil veces en esa foto.
No sabía qué hacer con ella. He considerado exponerla de
varias maneras. Al revés, mirando a la pared, en una esquina, cubierta, mostrada como única imagen...

–Cualquier solución podría valer al final. El arte es a
veces pura contingencia –afirmé.

190

–No, Martín, las cosas no funcionan así –dijo.

E inmediatamente añadió que para ella el arte surge cuando de entre todas las posibilidades se elige no la más correcta o la más lógica sino la única posible. Defendió con tanto vigor una postura contraria a la mía que acabó por llevarme a su terreno.

–El arte verdadero –enfatizó «verdadero» como si quisiera distinguirlo del otro, del falso, de la impostura– sólo existe cuando no puede ser de otra manera de la que es. No es ciencia, claro, es algo más. Hay un mecanismo interior que te dice que así deben ser las cosas. Como una caja fuerte. Buscas todas las combinaciones perfectas hasta que oyes el clic que la abre. Es así, aunque ese clic no se oye; se intuye. Y entonces eres consciente de que has llegado. Y... ¿sabes? –añadió, quedándose unos segundos en silencio, mirando por la ventanilla–: esta tarde he notado el clic. Mientras Steve hablaba he percibido que me estaba acercando a la solución. Devolver las imágenes. Las películas y la fotografía. Que no estén allí, que sean un vacío entre vacíos. Entre todas las imágenes borradas. Ésa era la única posibilidad y se ha mostrado hoy aquí. Es lo que realmente le da sentido a todo lo demás. Lo que lo activa. Ése es el clic que he oído. Es la solución.

Asentí convencido. Entendía el sentido de todo. Ésa era «la solución».

–Queda tu historia –dijo–. Y ahora sí es importante. Aún más que antes. La escritura será el único vestigio de la experiencia de las imágenes.

–Tengo que pensar –contesté.

Y tenía que hacerlo, sí; detenidamente. No quedaba tanto tiempo. Menos de un mes y medio. Y ahora todo se echaba por tierra. Había fracasado la primera vez y no quería hacerlo de nuevo.

–Quizá escriba la historia que hemos escuchado, la verdadera historia –dije al fin.

–No, Martín –contestó Anna–. ¿Aún no lo has entendido? No hay historia verdadera. La que hemos escuchado esta tarde es su historia, no la tuya. La única historia verdadera es la que nos abrasa, la que nos habla, la que nos alude. Tienes que estar dispuesto a verla. Abre los ojos. Aún más. Tienes que estar dispuesto a quemarte.

5

Dispuesto a quemarme. Quizá eso es lo que sentí días después, cuando recibí el e-mail de Lara.

Antes de salir de España había hablado con ella. Ya arreglaríamos los papeles. No teníamos hijos. Le había dejado la casa y me había ido a un pequeño apartamento. No había problema. No era necesario meterse en ese lío. Ya lo haríamos. A mi vuelta. A mi regreso hablaríamos. En julio iríamos a un abogado, si quería.

Creo que lo dije para dejar correr algo más el tiempo. Por supuesto, no albergaba esperanza alguna de que las cosas se arreglaran, pero tampoco me apetecía en esos momentos comenzar el papeleo. Supongo que lo había dejado todo en el aire creyendo que las cosas que no se formalizan nunca acaban del todo.

Pero ahora llegaba el e-mail. Escueto, unas pocas líneas:

Estimado Martín:
Te adjunto la propuesta de convenio regulador que ha redactado García Abellán. La reunión será el día 8 de julio a las 12 horas en su despacho de la calle Vinader.
Saludos,
Lara

Sentí una bofetada en la distancia. Día, hora y lugar. Faltaba un mes y medio pero parecía que nada podía esperar. El acuerdo tenía que firmarse a mi vuelta, inmediatamente. Sin demora. La paciencia, esa paciencia que tantas veces había alabado de Lara, se había desvanecido. Había acabado hacía mucho tiempo, como mi historia con ella.

La gelidez del e-mail también sonaba a fin, a clausura. Intenté ver allí la huella de más de quince años de amor y no encontré un ápice de cariño. Parecía que el texto lo hubiese redactado el propio ordenador. Pero lo que más me llamó la atención fue su despedida. «Saludos». Ni siquiera «abrazos», ni siquiera «cuídate».

La asepsia del mensaje me estremeció y me recordó inmediatamente *Prenez soin de vous,* la obra de Sophie Calle en la que la artista intenta comprender desde el afuera el frío e-mail de ruptura de su pareja tras varios años de relación, especialmente su manera de despedirse: *«prenez soin de vous»,* «cuídate». Tampoco yo podía llegar a interpretar el «saludos» de Lara. Ni podía comprender el documento adjunto. Lo leí casi como si estuviera descifrando un idioma extraño. Desistí a los dos párrafos. Si no podía asumir su escueta despedida, mucho menos podía aspirar a entender la «propuesta de convenio regulador». Y no sólo por la forma oscura y llena de giros incomprensibles de la jerga legal, sino porque había un lugar en mi mente en el que todo aquello seguía siendo incomprensible. Aun así, contesté de inmediato. Aceptaba los términos. Y también la fecha. Dudé varios minutos acerca de cómo despedir el e-mail.

«Abrazos».

Creo que nunca he escrito nada más difícil.

Es curioso, Sophie, un e-mail me abrió la posibilidad del futuro y otro me cerró la puerta del pasado. Acordar la fecha, responder aceptando todas las disposiciones, significaba poner fin a una historia, a un relato que había empezado a contarme mucho antes de conocerte, antes de que todo cambiase y comenzase a ser lo que fue. Porque incluso antes de eso ya había sido mucho. Dieciséis años juntos es una historia. Y las historias se acaban en algún punto. Algunas se diluyen, se van apagando poco a poco, igual que ciertas canciones, en *fade out*. Otras terminan abruptamente. Pero todas son una historia. Una historia que nos contamos para seguir viviendo. Como Sherezade. No hay vida sin relato.

Mi historia con Lara, es decir, mi vida en la que Lara era el personaje central, había acabado del todo. El e-mail y la firma del acuerdo a la vuelta eran la coda, el epílogo, la consumación de un final que ya estaba claro desde mucho tiempo atrás.

Lo sabes, Sophie, a Lara es a la que más quise. A la que más quise de todas. Ella siempre fue mi centro, la primera. Ella sí que cambió mi vida. Ella fui yo. Lo compartimos todo. Fuimos la misma persona.

Cada amor es diferente. Nunca se ama de la misma manera, con la misma intensidad —eso lo dijiste tú—, pero si se pudiera pesar o medir el amor, si existiera la posibilidad de cuantificar la cantidad de amor que uno siente por el otro, sin duda mi balanza habría acabado decantándose del lado de Lara. Los niños sí creen en la medida de los sentimientos. Y corren a abrazar a la madre cuando pregunta: «¿Quién me quiere más?», o intentan responder con datos precisos cuando escuchan: «¿Hasta dónde quieres a papá, o a mamá?» Hasta aquí, hasta el techo, hasta Madrid, hasta el sol. Porque los niños miden y pesan el mundo, son más racionales de lo que somos los adultos, porque para ellos las sensaciones y las emociones aún no son inconmensurables. Pero para nosotros hay cosas que no se pueden cuantificar. Una madre quiere por igual a sus hijos; un hermano quiere por igual a sus hermanos; un amigo, a sus amigos. El amor no se puede medir, es diferente en cada caso. Eso nos enseñan. Y quizá tengan razón. Sin embargo, Sophie, yo sigo teniendo claro que es a Lara a quien más amé. Más que a cualquier otra. Mucho más.

Y a ella fue también a quien más daño hice. Ahora lo sé. A pesar de que para mí todo aquello no era otra cosa que amor, amor incondicional, amor por encima de todo lo demás. De ninguna manera podía intuir que pudiera doler de ese modo, que por dentro las cosas destrozaran así, y que ese destrozo pudiera transformar, casi por entropía, el amor en odio. Y que entonces ya nada tuviera remedio.

¿Es que fue todo mentira, Sophie? ¿Es que en el fondo nunca hubo felicidad? Yo la sentí. Y creo que realmente la tuvimos. Nosotros la tuvimos. Por un momento la tuvimos. Lo percibí con claridad. Pero todo se destruyó. Se rompió para siempre en un pequeño instante. Porque hay un momento en el que las cosas se rompen y ya no se pueden arreglar. Es cierto que no se destruyen por azar, como cuando un jarrón cae al suelo y se hace trizas. No. Se parece más a cuando estiras una goma y la goma cede. Y te acercas al precipicio, pero aún estás sujeto. Sin embargo, cuando la goma se desgarra ya no puede ser arreglada. ¿Cuándo comienza a romperse? Habrá quien piense que las fibras se deterioran mucho antes, que todo comienza a resquebrajarse durante el proceso de estiramiento. Quizá sea cierto. Son leves pinchazos que uno debería notar, pequeños jirones de piel que quedan en el camino. Pero sin duda hay un momento concreto en el que todo se quiebra, un punto de abismo. Y el amor también se destroza así. En ese punto de fisura en el que las costuras se sueltan, los hilos se rompen y el vestido se raja para siempre. Entonces ya no hay vuelta atrás. Un poco antes de que eso ocurra es posible destensar la goma. Las fibras están dañadas, hay rozaduras, pero es posible curar. Después ya nada tiene remedio. Supongo que hay que intuir ese punto de no retorno, ese instante de peligro en el que todo se puede perder para siempre.

¿Dónde se rompió Lara? ¿Dónde se hizo trizas todo lo que habíamos construido?

No fue contigo. No fue con todas las demás. Aunque quizá ahí comenzara a deshilacharse. El punto de fisura está siempre localizado. Las cosas se rompen por un sitio, aunque después se hagan mil pedazos. Y el nuestro estuvo claro: «aquella chica», como había dicho el decano de la facultad. Sí, aquella chica. Aquella noche. Una sola. Un momento. Después de tantas y tantas veces.

Con alumnas no. Ésa era la única regla. Lo único que a Lara parecía incomodarle. Ni siquiera podía razonar con ella, decirle que tampoco estaba tan mal, que eran adultas, que yo tenía que paliar mi físico con mi posición de poder, con todo lo que había trabajado. Cualquier explicación era imposible. Todo lo demás podía hacerlo. Todas las noches, con quien fuera. Todas las demás. Pero no con alumnas. Ésa era la única frontera, la única prohibición. Había sido ésa como podría haber sido otra. Pero yo no pude aguantar. Comí del fruto prohibido. Era demasiado fácil, demasiado atrayente. Y esa noche no supe cómo escapar.

197

Aquella chica. Carmen. Morena, alta, con la mirada de un ángel. Se sentaba en la tercera fila y yo daba la clase para ella, con mis ojos clavados en los suyos. Al final de una clase me dijo que le había encantado mi novela y que le gustaría que se la dedicara.

Tomamos un café.

–Ojalá alguien me dijera esas cosas –me susurró–. Ojalá un hombre pensara en mí como Marcos piensa en Helena en su novela.

Me ruboricé como si fuera un niño. Tenía veinte años menos que yo y había conseguido anularme. Dominaba la situación con una destreza que yo jamás lograría.

Esa tarde apenas saqué las manos de los bolsillos de la chaqueta. No quería rozarla. Mi mirada al suelo y mi cuerpo encogido eran un intento de huir de aquella situación. No debía jugar a ese juego. E intenté cumplir las reglas. Todo lo que pude.

Pero luego llegó la fiesta. El fin de curso. El alcohol. Y la frase, susurrada al oído:

–Profesor, ¿le puedo contar un secreto?

–Dime –acercando mi cuerpo al suyo.

–Esta mañana, en su clase sobre Bataille...

–¿Sí? –acercando mi oído a su boca.

–... he mojado las braguitas.

No puedo explicar lo que sucedió. Lo pienso y aún no puedo entenderlo. Estaba borracho, es cierto. Pero también lo había estado otras veces. Sin embargo, esa noche un mecanismo interior saltó por los aires. Sentí que algo se soltaba por dentro. Y no me importó nada más en ese momento. Agarré su mano delante de todos y salimos de allí a toda prisa. Follamos en el coche, en el aparcamiento de la sala de celebraciones. Ni siquiera me corrí.

Fue después de eso cuando todo se fue a la mierda.

—Ha sido sólo una vez —dije—. Un accidente.

Y Lara ya no me contestó. Nunca más volvió a hacerlo. Ahí se rompió todo. En ese momento, en ese instante. Después de tantas y tantas veces. Después de ti, después de haber estado los cuatro, después de las demás, después de haber comprendido —al menos de haber aceptado— que el amor no sólo era cosa de dos. Después de todo, la historia se hizo trizas en una noche.

Lara no quiso volver a intentarlo. Todo se había roto. Imagino ese momento como un virus invadiendo el cuerpo. Un virus que afecta a todos los órganos. Sobre todo al corazón. Y también a los recuerdos. Todo se petrifica, se congela, aunque por dentro no cese de arder. Todas las compuertas se cierran. Y uno ya nunca más tiene acceso al interior del otro.

Lara se cerró para siempre. Su memoria se volvió gris. Y todo en apenas unos meses. Yo intenté volver, olvidarme de todo y entender de nuevo la relación como algo entre dos. Estaba dispuesto a hacerlo. Podría haberlo hecho, Sophie. Dejarlo todo. Volver a Lara. Sólo a Lara. Retomar las cosas como eran antes de conocerte, antes de que se iniciara todo. Lo hice. Pero ya nada fue igual que antes. El virus poco a poco se apoderó de ella. La consumió por dentro. Y la historia se convirtió en pura oscuridad.

Todo se perdió para siempre. Incluso el pasado. Creo que fui consciente de eso cuando leí el e-mail que me emplazaba al fin definitivo, al punto de cierre de la historia, pero sobre todo cuando escribí «abrazos» y sentí que en aquel contexto esa palabra ya había dejado de tener sentido.

La historia parecía no haber existido jamás. La luz se había vuelto oscura. Pero yo me resistía a pensar que todo pudiera irse de ese modo, que el pasado se diera la vuelta y desapareciera como si nada hubiera sucedido. Fue entonces cuando pensé que ese momento, el presente, era también un instante de peligro, un soplo de tiempo en el que la historia puede perderse o ganarse para siempre. Ya lo había perdido todo en un momento. Y ahora no estaba dispuesto a volverlo a perder, a olvidarlo, a dejarlo pasar y cerrar una etapa como si nada hubiera sucedido. Necesitaba contarlo, apresarlo, entrar dentro del pasado y recordar. Escribirlo todo. Lo único que no tenía claro era cómo hacerlo. Pero al menos ya sabía dónde ardía la historia. Y estaba dispuesto a abrasarme para contarla.

6

Tuvieron que pasar algunos días para que la historia se mostrase del todo. Yo ardía. Quería contar. El pasado quemaba. Pero aún no sabía que debía soltarlo.

Fue una tarde cuando todo se abrió. Anna llegó al apartamento con la fotografía envuelta en un paño de seda negro. Acababa de mirarla por última vez, en soledad. La tarde siguiente había pensado enviarla, junto con las películas, a la casa de Steve.

–Está finalizada. Mi parte. Todo ha terminado. Ahora siento vértigo. Vuelvo a sentir el vacío.

La miré extrañado.

–Es un vacío paradójico. Esto te salva y al mismo tiempo te condena. Llegar a la solución no es solucionar un problema; es abrir una pregunta. El solo hecho de imaginar la exposición, el vacío sobre el vacío... –dudó unos segundos–, me hace perder pie.

Mientras ella hablaba yo me sentía confuso. Comprendía lo que decía. Aunque estaba lejos de sentir ese vacío del que ella hablaba.

–Martín, hoy necesito que me veas y me protejas...

–Claro –dije sin dejarla terminar la frase.

–Pero necesito algo más. Algo... más que la mirada. ¿Vas a poder hacerlo?

Cuando esa noche me encontré en la habitación con Anna y con Rick ya no había marcha atrás. Él nos ofreció unas pastillas de algo que ni me atreví a preguntar qué era y que tomé sin pensarlo demasiado.

–Te ayudará –dijo Anna llevándose la suya a la boca–. Nos ayudará a todos.

No sé el tiempo que la droga tardó en hacer efecto. Pero percibí desde un principio que lo que estaba sucediendo allí esa noche era más que sexo. Desde luego, lo que yo sentía por Anna era algo parecido al amor, no sabía exactamente de qué tipo. Y entre ella y Rick se intuía una complicidad –quizá un resto del amor pasado– que hacía que sus cuerpos no fuesen sólo cuerpos, sino afectos, emociones, sensaciones cruzadas. Mi relación con Rick era diferente: cercanía, algún tipo de simpatía. Y algo en común: Anna.

El comienzo fue brusco. Antes de que yo supiese cómo actuar, Rick se quitó la ropa, empezó a desnudar a Anna y sin apenas decir nada la penetró. Primero por delante, luego por detrás. Sus movimientos eran acompasados. Había una rutina, una complicidad que sólo es posible adquirir con el tiempo. Yo me quedé un momento paralizado, como si fuese un invitado inesperado que observa la situación. Y sin saber muy bien qué hacer comencé a desvestirme muy lentamente hasta quedarme completamente desnudo.

El cuerpo de Rick era fibroso, delgado, pero tonificado, con los músculos marcados y definidos. A su lado el mío era un cuerpo contrahecho. Fofo, sin formas, un magma de vello y grasa.

202

No pude evitar fijarme en la polla de Rick y advertir que era bastante más grande que la mía. Su erección firme hacía el parangón aún más bochornoso. Eso era algo que siempre había temido de hacer un trío, la comparación y la vergüenza. No es que mi pene fuese excesivamente pequeño, pero yo era consciente de que ésa no era la mayor de mis virtudes. Nadie me había dicho nunca nada, es cierto. Tú incluso asegurabas que te gustaba su forma y su sabor. Lara decía que para ella era suficiente. Pero yo sabía que eso no eran más que palabras. Siempre he tenido el mismo miedo: encontrarme de frente con un cuerpo y una polla que claramente mostraran mi inferioridad.

Lo escribí en mi primera novela y lo sigo pensando: nadie se folla a las mentes. Somos cuerpo. Ahí, en el sexo, más que nunca. Y esa noche tuve la oportunidad de comprobarlo de modo paradójico. Para Anna, Rick era cuerpo, vida, animalidad, biología –aunque por supuesto fuera también mucho más–; y yo era mente, mirada, ojo, emoción, algo que estaba más allá de la carne, cercano a lo inmaterial. Mi cuerpo voluminoso se desvanecía ante la mirada de Anna. Y el cuerpo delgado y fibroso de Rick se convertía en una presencia inevitable.

A pesar de todo, esa noche, mientras los veía follar no sentía celos. Aquello que me había quemado por dentro semanas atrás había desaparecido. Por alguna razón que no logro entender, no sentí nada de eso, al menos no en ese momento, y creo que tampoco mucho después, ni siquiera ahora, cuando intento describir la escena. Y quizá no lo sentí porque esa situación –que al principio me había desbordado, inhabilitándome para actuar– adquirió sentido cuando pude centrarlo todo en los ojos de Anna, cuando vi su rostro de placer clavándose en el mío.

–Martín, por favor, te necesito ahora –dijo.

203

Me acerqué a ella sin cruzar la mirada con Rick –creo que él también era consciente de que eso era lo mejor, al menos conmigo, al menos en ese momento– y comencé a acariciarla. Era difícil hacerlo con las embestidas de Rick. Difícil encontrar un ritmo. Eran dos tiempos diferentes. El tiempo de la penetración, rítmico, marcial, martilleante; y el tiempo lento de las caricias y las miradas, cadencioso, armónico, casi detenido.

Durante unos minutos me fue imposible concentrarme. Estaba demasiado dentro de la escena. Sólo veía fragmentos. Trozos de cuerpo. Demasiada cercanía. Lo que ocurrió después me sorprendió. Tras quedarme durante unos segundos absorto en el rostro de Anna, salí desde mi cuerpo hacia atrás. Lo percibí en términos cinematográficos. Fue como pasar de un primer plano en el que uno no puede verlo todo a un plano general. Aunque tampoco era exactamente un plano general. Porque yo seguía dentro de la escena.

El espacio comenzaba a retorcerse, como si todo lo que estaba a mi alrededor se hubiera dado la vuelta. Nunca había experimentado algo así. Quizá la droga había comenzado a hacer efecto, aunque yo no lo percibí como un efecto de lo que había tomado, sino como una especie de apertura. Una expansión corporal. Me había situado unos pasos más atrás sin dejar de estar en el mismo lugar.

Fue desde allí desde donde miré a Anna y sentí su cuerpo. Desde allí sentí el vacío y percibí que en realidad yo también necesitaba perderme. Y mientras miraba a Anna, mientras la acariciaba viéndola desde fuera de mí, mientras me veía en esa escena y percibía el vacío, sentí la necesidad de que Rick me penetrara. No lo puedo explicar. Era como si mi identidad se hubiera confundido con la de Anna, como si al mirarla pudiera percibir lo que ella estaba sintiendo, como si la energía de Rick hubiese pasado a mi cuerpo a través del contacto con la piel de Anna.

No tuve que decir nada. Sólo una mirada y él pareció entenderme. Creo que Anna también.

Nunca me habían penetrado. Lo más parecido a eso seguía siendo la vez que tú metiste un dedo en mi ano la segunda noche que nos acostamos. No fue desagradable, pero no llegué a sentir placer. Sin embargo, cuando Rick embadurnó mi esfínter con lubricante y comenzó a introducir su polla en mi culo sentí una satisfacción extraña, una emoción más allá de la carne, más allá del sexo. Sentí llenarme. Noté un cierto abandono, como si el cuerpo necesitara dejarse, soltarse. Y sólo desde ese abandono pude encontrarme y encontrar también la mirada de Anna. Me encontré en sus ojos perdidos y turbios. Me encontré en el vacío. Quizá era precisamente a eso a lo que Anna se refería. Un llenarse en el vacío, o un vaciarse en la plenitud. Lo sentí en su mirada. Y fue entonces, mientras transitaba por ese vacío lleno, por esa plenitud hueca, cuando comencé a sentir la erección. Mientras recibía las embestidas de Rick y miraba el rostro de Anna, mientras veía toda la escena con esa distancia cercana que he descrito hace unos párrafos, comencé a notar un gran vigor en mi sexo. Y fue en ese momento también cuando sentí la necesidad de penetrar a Anna, de hacerlo por primera vez.

De nuevo, no tuve que decir nada. Parecía que aquella mecánica funcionaba en un ámbito distinto al del lenguaje. Rick detuvo su movimiento y sacó su polla de mi culo. Sentí en ese momento un pequeño escozor y también cierto alivio y placer físico. Anna se recostó ligeramente en la cama. Me acerqué y, de rodillas, la penetré mientras ella elevaba ligeramente la pelvis para facilitar el movimiento. Noté su interior ardiendo, un fuego líquido que me acogía, como si al final de una larga marcha el caminante hubiera encontrado su destino.

El orgasmo llegó rápido. Ella se masturbó mientras la penetraba para lograrlo. Y Rick, que se había retirado hacia un lado como si comprendiera a la perfección esa lógica y me estuviese cediendo la posición, comenzó también a masturbarse recostado en uno de los sillones. No reclamó para sí ninguna atención y, tras acabar, satisfecho, se reclinó un poco y cerró los ojos. Creo que ése fue el primer momento de intimidad y cercanía en toda la noche. La doblez que se había apoderado de mí volvió de nuevo a estrecharse, y el espacio, que se había abombado, comenzó a contraerse. Por primera vez estábamos los dos. Yo dentro de ella y ella dentro de mí.

Nos miramos justo cuando el orgasmo llegó. Anna lo alcanzó unos segundos antes y, con su movimiento violento, rápidamente vino el mío. Y en ese momento, mientras ella se corría y yo sentía que estaba a punto de eyacular, en ese preciso momento, Sophie, te hiciste presente en mi memoria. Sí, fue extraño. Te sentí, te noté, te percibí cerca de mí. Y mientras eyaculaba en el interior de Anna tu rostro regresó con claridad. Cayó un velo. La bruma se disipó. Una compuerta se abrió en mi mente. Eyaculé un recuerdo. Y pude ver tu rostro de placer. Te contemplé mordiendo las sábanas la primera vez, despertando después de toda la noche, mirándome fijamente porque entonces era yo el que necesitaba ser mirado... Todo se desplegó. Y en ese momento también fui realmente consciente de que te había perdido y te había recuperado al mismo tiempo. Fue un instante de plenitud y vacío, de desgarro y felicidad.

Esa noche volviste del todo a mi memoria. Por supuesto, desde mi regreso a Williamstown habías estado conmigo como una presencia latente. Te notaba a mi lado en ocasiones, te recordaba al pasar por los lugares en los que habíamos estado juntos..., pero nunca había podido evocar tu rostro, nunca de modo tan preciso, nunca tan cerca, y nunca siendo consciente de que ya te había perdido para siempre.

Sin embargo, cuando esa noche acudiste con claridad a mi memoria, cuando volví a tenerte –aunque fuera en un recuerdo a contratiempo–, supe lo que había significado perderte. Perderte a ti, perder a Lara, perder todo lo que fuimos. Y en la pérdida, en el vacío, logré ver todo lo que un día tuvimos. No había sido mentira. Sucedió. Allí estaba la historia toda, a punto de volver a desvanecerse.

Al terminar apenas hablamos. Rick regresó a su apartamento y yo me quedé con Anna. No dijimos nada. Parecía necesario asumir lo que había sucedido. Pretendimos dormir. Anna lo hizo. Yo lo intenté. Pero cada vez que cerraba los ojos volvía a verte. Y contigo regresaba todo mi pasado. En imágenes discontinuas, a fogonazos, como si la memoria fuera un látigo azotando mi retina. Lo que acababa de suceder, el encuentro brutal pero también hermoso de esa noche, se hizo a un lado y dejó paso a todo lo que este tiempo había luchado por salir. La historia se apoderó de mí y ya nunca más quiso soltarme.

7

A la mañana siguiente me dolía la mandíbula y estaba mareado. Dejé a Anna en la cama, desayuné rápidamente y salí hacia el Clark sin entretenerme demasiado. Las películas iban a volver a su destinatario y yo quería despedirme de ellas. Apagué las luces y puse el proyector en marcha. De nuevo escuché el sonido mágico de los fotogramas al pasar y sentí ese rumor como un susurro, como la voz de algo que quería entablar contacto conmigo y que hablaba en un lenguaje que yo no había sabido interpretar.

Percibí una vez más la sombra frente al paisaje. La silueta inmóvil frente a todo lo que sucedía a su alrededor. Me di cuenta entonces de que el hombre que miraba fijamente el muro estaba allí de modo antinatural, detenido, estático, mientras que todo lo demás –el muro, los árboles, el mundo– seguía su curso. El hombre era lo único inmóvil de la escena. Inmóvil por fuera, claro. Porque su interior probablemente sería un torrente de imaginación, una mente poblada de recuerdos e historias, de tiempos que se habían ido y ya no iban a volver.

Conocía la duración de la película casi de memoria.

Cada parpadeo, cada irregularidad o imperfección, cada pequeño salto, era para mí una señal de lo que faltaba para llegar al final. Incluso identificaba el tono del paso de los fotogramas, algo más grave y hueco conforme se iba acabando el metraje. Cuando intuí que la bobina se aproximaba a su fin me puse de pie frente al proyector e intenté tocar la imagen, fundirme con ella, situar mi sombra sobre la sombra de la pantalla. Aquello que no había podido hacer en la realidad, cuando visitamos Folck's Mill, lo hacía ahora en la representación. Yo era la sombra. Estaba en la imagen. Formaba parte de ella. Manchaba la escena con mi presencia.

Oí el clic del proyector y el tono del sonido volvió a cambiar. Las imágenes desaparecieron, pero la sombra permaneció. Durante unos segundos me costó darme cuenta de que la sombra que seguía proyectándose en la pantalla era la mía. Mi silueta, bañada por la luz, se había convertido en la única imagen, en una huella, una sombra de lo real.

Permanecí un tiempo allí. Y me acordé de nuevo de la imagen de mi madre mirando al espejo del baño en el que mi padre se miró por última vez antes de caer sin vida al suelo. La imagen que yo había situado como centro del cuento del que te hablé, «Lo que queda en el espejo cuando dejas de mirarte», un relato que tenía un origen real: mi madre intentando encontrar los restos de la mirada de mi padre en el espejo, el presentimiento ingenuo de que algo queda, que algo infraleve permanece, incluso cuando no se ve, cuando es imposible percibirlo.

Mi sombra proyectada en la pantalla me hizo pensar en todo esto y formular algunas preguntas que no estaban tan alejadas de las que mi madre se había hecho frente al espejo. ¿Quedará algo de la sombra en la pantalla cuando la imagen se desvanezca, o es posible que la sombra, la de la película, la del hombre, y también la mía, desaparezca para siempre?

No tenía la respuesta a esa pregunta. No en ese momento. Lo que sí pude saber, lo que logré comprender entonces, fue que la sombra del hombre también era la mía. Siempre lo había sido. Todo el tiempo. Desde el principio. Supe que su historia, en el fondo, era la mía, la que tenía que contar, la que había comenzado a recordar, la única que realmente me abrasaba por dentro.

Mi historia comenzaba a emerger. Eso era lo único que podía escribir. Narrar lo que había permanecido en la oscuridad, lo que nunca había contado a nadie. Mi historia contigo. Esa historia que también había sido una sombra. El comienzo de todo lo que vino después.

Tenía claro que todo podía irse para siempre. Como te fuiste tú, como se fue –de otro modo– Lara, como se ha ido yendo poco a poco todo lo que he querido, lo que una vez tuve. Y pensé que contarlo todo, todo lo posible, quizá fuera la única manera de mantenerlo latente, de revivirlo, de activarlo, al menos para mí.

Fue en aquel preciso momento cuando me surgió la idea de escribir este libro. Y de hacerlo de esta manera. Las películas habían desencadenado una historia. Y ésa era la historia que tenía que contar. A dos tiempos. Hacia delante y hacia atrás, en un presente continuo atravesado por el pasado. Intentaría narrar mi experiencia desde el momento en que por primera vez vi la sombra. La historia que había venido a escribir iba a ser precisamente eso, «la historia que había venido a escribir»: mi regreso, mi proceso de escritura, todo lo que lo había rodeado. Escribir el presente para rescatar el pasado. Para rescatar lo único que puede ser rescatado. Fogonazos, imágenes, sombras, retazos de historia. Aunque algunos duelan y se claven en la piel como alfileres.

Contarlo todo, pero hacerlo de modo velado, llenarlo de vacíos, de historias que están frente a nuestros ojos y de otras que quedan fuera de campo. Eso fue lo que decidí, Sophie. Y comencé a escribir este libro para ti. Ésa fue la única fórmula que encontré. Quizá no fuese la más correcta. Quizá iba a fracasar una vez más. Pero sentí que era así como debía escribir. Tú habías sido mi sombra durante todo este tiempo. Y el libro sólo tendría sentido si te incorporaba de esa manera, como un eco de ese pasado que ahora había vuelto junto a mí. Por eso decidí escribir para ti, querida Sophie, porque tu sombra sería la única ausencia capaz de oír los silencios entre tanta palabra, el único reflejo que podría descifrar los espacios vacíos diseminados entre tanto lenguaje.

Por la noche le conté a Anna que había encontrado por fin el camino, este camino. Después de cuatro meses había llegado a la solución. Mejor tarde que nunca, dije. Sin embargo, la solución traía consigo un problema: de ninguna manera iba a tener tiempo suficiente para escribirlo todo antes de la exposición, al menos tal y como había comenzado a pensarlo. Quedaban apenas tres semanas de estancia. Lo que se me había revelado allí había sido una historia, una novela, un libro. Y yo necesitaba tiempo. Mucho más del que en ese momento me quedaba en Williamstown.

Anna lo comprendió.

–No importa –dijo–. Las historias requieren demora. La dejaremos fuera de campo.

Algo más de trabajo me costó explicárselo al día siguiente al director del Research Program. Sobre todo porque decir que no iba a poder terminar nada a tiempo era aceptar mi fracaso. Una vez más iba a salir de allí sin haber entregado nada. Lo único que pude hacer fue prometer el libro. Esta vez sí lo acabaría. El libro del Clark. Llegaría. Esta vez estar allí habría servido de algo.

—Eso esperamos —dijo en plural, como si a través de él estuviese hablando toda la institución.

—Esta vez sí —dije—. Estoy convencido.

Y realmente lo estaba. La historia ardía, ahora sí. Tenía que ser escrita. No podía evitarlo. Hay un instante en el que uno sabe que ya no va a poder parar. A partir de ese momento no hay bloqueos. La historia llega, habla, se deja escribir, cuando uno está preparado para ello.

El instante se había mostrado. Y yo no podía parar de escribir. El libro llegaría. Sí. Este libro. Tu libro. El libro del Clark.

Durante las últimas semanas me recluí en el sótano. Ya no era un trabajo. Ya nada importaba más que el libro. Escribir ya no era perder el presente. Escribir era recuperarlo todo. Retomar el pasado. Actualizarlo. Volverlo a vivir. Escribir era importante. No sentí, como en otros momentos, que debía decidir entre la escritura o la vida. No, Sophie. Porque la escritura era la vida.

Fue allí donde comencé a esbozar todo esto. A mano, en un cuaderno de páginas ahuesadas, con una pluma de tinta azul, como si fuera una larga carta, un residuo de otro tiempo, una manera de tocar la historia, de apresarla, de hacerla cuerpo.

Todas las mañanas colocaba mi mesa delante del proyector y lo encendía. Necesitaba el sonido y la luz blanca

212

proyectada sobre mi espalda. El contraluz dejaba la iluminación justa para escribir sobre el cuaderno. Las películas ya no estaban, pero la sombra en el muro parecía haberse quedado impresa en la pantalla, como una fotografía.

Escribí siendo yo también una sombra. La escena de una película imposible, la silueta de un escritor encorvado sobre un cuaderno, una sombra chinesca que mostraba un teatro que venía de otro tiempo. Necesitaba esa representación para escribir, necesitaba estar sujeto a la imagen para poder mostrar los retazos del pasado. Porque en el fondo todo era imagen; ahora lo sabía. Porque no había nada más allá de eso, porque el tiempo se retorcía y ya no era posible establecer fronteras entre nosotros y las imágenes. Porque ese lugar de confrontación entre lo que vemos y lo que nos mira es un sitio donde todo se confunde. Un torbellino, una espiral cuyo punto de origen no es posible encontrar. Así comencé a escribir este libro, querida Sophie, sabiendo que a veces es mejor contar, lo que sea, como sea, porque lo único claro después de todo es que los recuerdos acaban desvaneciéndose.

8

A finales de junio, pocos días antes de mi regreso a España, tuvo lugar la exposición. Anna había estado preparando el montaje en solitario durante la última semana. No había querido trabajar con ningún comisario. La obra era tan íntima, decía, que nadie más podía comprenderla.

Había prescindido de toda referencia a las películas para centrarse en las fotografías borradas. Las tres salas del edificio de Stone Hill estaban literalmente plagadas de retratos desvanecidos. Las dos primeras recogían su trabajo anterior, con fotografías familiares de finales del siglo XIX y principios del XX. Varias hileras recorrían los muros. La forma de los marcos, el cartón de la fotografía e incluso el proceso de borrado estructuraban las composiciones. En algunos casos la imagen había desaparecido por completo. En otros quedaba una pequeña huella, casi una fantasmagoría, como si el sujeto fotografiado se resistiera a marcharse del todo.

Instalados en vitrinas de cristal al lado de las imágenes, Anna había expuesto una serie de pequeños recipientes rellenos con el líquido oscuro resultante del proceso de borrado. Parecían relicarios. Allí reposaba la sangre de las imágenes. El llanto de las fotografías. Clausurado, hermético, como si fuera veneno. El veneno de la memoria.

La última sala mostraba las fotografías que Anna había encontrado junto a las películas. Reconozco que me emocioné al entrar. Pensé en la madre de Steve y en el hombre de la sombra, imaginé su historia ahora borrada, tachada, eliminada para siempre de la imagen. Sentí sus ojos observándome desde un lugar invisible. Y tuve claro que en aquellos restos del pasado que ya nadie reconocía permanecía aún la historia. Esa historia que había tenido que ser destruida para volver a la vida. A esta vida después de la muerte.

Me sorprendió descubrir en aquella sala las maletas en las que todo fue encontrado. Al final Anna se había resistido a devolverlas. Estaban allí, abiertas, deshabitadas, arruinadas, expuestas sobre un pequeño pedestal de madera. De algún modo, en su interior permanecía la única memoria de las películas. Y junto a las maletas, en la última esquina de la exposición, casi escapando a todas las miradas, el marco sin imagen. Probablemente nadie intuiría su significado. Entre tanta huella del pasado, allí estaba el único vacío absoluto. El auténtico no-lugar de esa imagen que había logrado encontrar, en otro sitio, alguien que aún sabía cómo recordarla.

El edificio fue poblándose conforme avanzaba la tarde. Yo había llegado una hora antes para poder contemplar con detenimiento la exposición. Cuando comenzó a acudir el público ya fue imposible ver nada y yo empecé a inquietarme. Mi contribución tendría que estar en algún lugar. El libro, el catálogo, algún texto, alguna frase..., algo. Pero, de nuevo, no había nada. Era consciente de que rápidamente llegarían las preguntas. Y decidí asumir el fracaso desde el principio, afrontando con serenidad la decepción que se podía adivinar en las miradas de todos los que se acercaron a saludarme. A diferencia del día de la presentación, ahora tenía respuestas sinceras. El libro vendrá, dije. Está gestándose. Necesita tiempo. Incluso hablaré de esto, argumenté, de estos momentos, de esta exposición, de esta historia, de este presente continuo.

Ésas fueron las respuestas. Ahora sí que había algo de razón en ellas. Y mientras respondía, pensaba que, de hecho, tenía sentido haberlo demorado todo y dejarlo para después; de esa manera podía describir incluso esta experiencia, este punto final en el que *Fuisteis yo* había tomado forma, esta conclusión en la que poco a poco todo había comenzado a volver a su sitio.

Porque eso fue lo que sentí, que todo volvía a su sitio. La exposición significaba el fin del Research Program, de los seminarios y de las reclusiones en la biblioteca, y el inicio de algo mucho más lúdico y expansivo. Durante el verano Williamstown dejaba de ser un lugar de conocimiento para convertirse en un lugar turístico. El fin de las clases vaciaba las viviendas. Y el buen tiempo las llenaba de familias que escapaban de las grandes ciudades para refugiarse en los bosques de Nueva Inglaterra y pasar sus vacaciones aislados del ritmo vertiginoso del mundo exterior. Williamstown se convertía en una fiesta. Y ninguno de nosotros estaba invitado.

La casa de los becarios, la gran casa de madera que había vuelto a acogerme en este regreso, también fue poco a poco quedándose vacía. Rick partió justo al día siguiente de la exposición. Habíamos logrado cierta cercanía. Me había cedido su lugar ante Anna y yo le estaba agradecido.

Dominique tardó unos días más. Al final había sido lo más parecido a un amigo que había encontrado allí. Prometimos volver a vernos en Europa.

—Estamos al lado, *mon ami* —dijo cuando nos despedimos.

Anna se fue el día 30. La noche anterior nos amamos y todo sonó a fin. Comprendimos que ése era el modo de acabar. La historia concluía sin tragedia. Me recordó el modo en que pusimos fin a lo nuestro, Sophie. También fue después de una noche. Y tampoco fue dramático. Los dos lo supimos; habíamos llegado a esa conclusión a lo largo de los meses. Aunque fuiste tú quien lo dijo: «Se ha apagado.» Yo tan sólo asentí. Era cierto. La historia acabó cuando lo extraordinario se convirtió en rutina, cuando estar juntos ya no ofrecía nada diferente a lo que teníamos. Y teníamos nuestras vidas. Había un lugar al que regresar. Cada uno siguió su camino. Como ahora.

Anna pretendía volver una temporada a Italia. Yo tenía que regresar a España. Sentimos que, aunque aún había algo entre nosotros, no ocurría nada si ahora nos separábamos. Seguiríamos en contacto. Y escribir todo esto también me serviría para recordarla, para mantenerla latente y saber que hubo un día en el que nuestros ojos se encontraron.

Le prometí que acabaría el libro y lo enviaría al Clark. Y que lo dedicaría a los ausentes, a todas las historias borradas. Sería una historia. Una de muchas posibles. La historia de la sombra sobre el muro. La historia de mi sombra.

–Y también la memoria de estos meses –concluí–. También tu historia, Anna.

Ella me miró de nuevo.

–Sólo te pido una cosa –dijo–: sé justo con el pasado.

–Lo seré –contesté con seguridad.

–Y algo más.

–Dime.

–Descríbeme bien –dijo esbozando una sonrisa.

Dormí a su lado. Esa noche sí que lo hice.

Hasta el amanecer.

9

Me quedé en Williamstown dos días más. Regresar a España significaba volver al lugar en el que el mundo se había desmoronado e intenté retrasarlo todo cuanto pude. Lara ya no iba a estar esperando. La universidad tampoco. Y yo no tenía la menor idea de cómo iba a afrontar el futuro. Aunque en ese momento, si te soy sincero, nada de eso me atormentaba demasiado. Llevaba conmigo una historia. Y eso era lo único que importaba. Por encima de cualquier otra cosa. Escribir, contar, volver a sentir. Iba a tener tiempo de sobra para poder hacerlo. Después ya vería qué iba a pasar con mi vida.

En todo esto pensaba los días previos a abandonar aquel pueblo, mientras llenaba mis pulmones de ese aire que una vez respiramos e intentaba armarme de valor para afrontar algo que había pospuesto desde el primer momento y que ya no admitía más demora. Tenía que hacerlo. Por mí, por ti, por nosotros, por el libro, por todo lo demás.

El día antes de mi regreso, cuando consideré que era una hora prudencial, me planté delante de la que había sido tu casa. Mientras esperaba en la puerta, aún no tenía claro cómo explicar el silencio de todos estos años. Pero Francis fue amable, cortés, como lo fue en todo momento, al principio y al final, a pesar de su mirada dura, a pesar de su semblante serio y su expresión severa.

Me invitó a pasar y me ofreció un café. Y entonces vi a la niña.

—Ésta es Laura —dijo. Tenía tu mismo pelo. Tus ojos, incluso tu nariz.

—Hola, Laura —dije sin saber muy bien qué tono utilizar.

—Martín era amigo de mamá. La quería mucho. Y mamá también a él. Laura es mayor ya —dijo dirigiéndose a ella—. Tiene casi seis años.

Yo seguía sin saber qué decir, paralizado por la situación.

Francis tomó a la niña sobre sus rodillas y se sentó junto a mí. En ese momento no supe exactamente a qué había ido allí. Y lo único que me salió fue volver a darle las gracias. Las gracias por haberlo permitido, por haberlo entendido.

Y después sentí que también debía pedir perdón.

—No hay nada que perdonar —dijo—. Fuisteis felices, ¿verdad? —Asentí—. Ahora, pasado el tiempo, eso es lo que queda.

—Tú siempre lo supiste ver. Desde el principio. Admiré tu modo de afrontarlo con naturalidad, tu manera de comprenderlo...

—¿Lo comprendí? —preguntó sin dejarme terminar. Y él mismo se respondió—: Sí. Pero no te engañes, Martín. No fue fácil. Nunca es fácil para el otro.

Hizo una pausa y me miró a los ojos:

—Yo no quería perderla —continuó—. Y creí que resistir, fingir, intentar comprender, era la mejor opción. Eso era

mejor que nada. Mejor que romperlo todo. Pero cada noche, antes de acostarme, rezaba para que se acabara cuanto
antes, para que te alejaras de ella, para que todo volviera a
la normalidad. No te odié. Pero tampoco me alegré de
que entraras en nuestras vidas. Espero que lo entiendas.

—Pero ella decía...

—Sí, que el amor suma, que nadie quita nada a nadie,
que era bueno para todos. Yo también lo entendí. Pero
dolía, Martín. Claro que dolía. Supongo que en el fondo
lo sabíais.

—Yo... lo siento.

No se me ocurrió decir otra cosa. Fueron las únicas
palabras que pude pronunciar. Y realmente lo sentía. Sentía que hubiese dolido y que las cosas no hubieran sido
tan inocuas como yo había pensado. Lo sentía, sí. Pero en
el fondo no me arrepentía. Mi «lo siento» no era un la-
mento por haber obrado así, sino una disculpa por el daño
causado. Surgía de la toma de conciencia de que hay cosas
que es necesario hacer por mucho dolor que puedan cau-
sar, cosas que no se pueden dejar pasar, que están incluso
más allá de nuestra capacidad de decisión, que son inevita-
bles, como lo fuiste tú. Mi «lo siento» no era un arrepenti-
miento, Sophie. Porque lo volvería a hacer, una y otra vez,
en todas las vidas que me tocara vivir.

—De todos modos —dijo Francis—, hace ya mucho
tiempo de eso. No te digo que lo haya olvidado. Pero si
hubiera algo que perdonar, está todo perdonado. En ese
momento creí que era lo mejor y, aunque dolió, aún lo
sigo creyendo. Y estoy feliz de que luego todo volviera a su
cauce. Porque después pasaron muchas más cosas. La vida
siguió. Sophie volvió. Ya no hubo nadie más, al menos
que yo sepa. Nació Laura. Fue nuestra alegría. Fueron los
momentos más felices. Hasta... ya sabes —dijo mirando a

la niña, excusándose por no poder ser más explícito–. Se lo detectaron demasiado tarde. Y ya no hubo tiempo de hacer nada. Fue rápido... –Hizo una pequeña pausa–. Demasiado rápido.

No pude seguir mirándolo y dirigí mi rostro hacia el suelo. Noté los ojos humedecidos. Intenté decir algo. Pero nada más empezar me di cuenta de que era mejor callar.

Francis también permaneció unos segundos en silencio.

–Se acordó de ti –dijo al fin–. En los últimos días. Mientras evocaba sus momentos felices. Era especial. Sabía que esos momentos eran lo último que se llevaría. Y allí también estabas tú. Imagino que te gustará saberlo.

–Gracias –contesté. Y sentí que te estaba hablando directamente a ti.

Gracias, Sophie. Por todo.

Francis me acompañó a la puerta y fue allí cuando me atreví a pedirle un último favor:

–Una fotografía –dije–. Nunca he tenido ninguna de ella.

Se quedó mirándome en silencio durante unos segundos, quizá tan sorprendido como yo por las palabras que acababan de salir de mi boca.

Entró un momento en el pasillo y de uno de los muebles tomó un pequeño retrato enmarcado.

–Supongo que ella estaría de acuerdo –dijo al entregármelo.

Le agradecí el gesto y guardé la imagen en el bolsillo de mi chaqueta. Cuando nos despedimos con un apretón de manos percibí en su mirada algo cercano al cariño.

En la fotografía se te veía de lado, como si quisieras escapar de la cámara. Bella, fugaz, etérea, como siempre fuiste. Al llegar a casa la saqué del marco y la guardé con cuidado entre las páginas de uno de los cuadernos que había inundado de apuntes. Hoy, varios meses después, la tengo frente a mí mientras escribo este párrafo y concluyo, por fin, mi libro del Clark. La conservo para cuando me falle la memoria y las palabras no sean capaces de evocar tu rostro. He jurado no dejar de mirarla hasta que se grabe con fuerza en mi retina. Sé que algún día todo se borrará para siempre. Pero ahora también sé que las imágenes continúan reverberando, como un eco, siempre, incluso cuando ya no queda nadie para recordarlas.

CRÉDITOS DE LAS ILUSTRACIONES

ÍNDICE